現代女性作家読本 ⑰

桐野夏生

NATSUO KIRINO

現代女性作家読本刊行会　編

鼎書房

はじめに

本現代女性作家読本シリーズは、二〇〇一年に中国で刊行された『中日女作家新作大系』（中国文聯出版）全二〇巻の日本方陣に収められた十人の作家を対象とした第一期全十巻を受けて、小社刊行の『現代女性作家研究事典』に収められた作家を中心に、随時、要望の多い作家を取り上げて、とりあえずは第二期十巻として、刊行していこうとするものです。

しかし、二十一世紀を迎えてから既に十年が経過し、文学の質も文学をめぐる状況も大きく変化しました。それを受けて、第一期とはやや内容を変え、対象を純文学に限ることをなくし、幅広いスタンスで編集していこうと思っております。また、第一期においては、『中日女作家新作大系』日本方陣の日本側編集委員を務められた五人の先生方に編者になっていただき、そこに付された解説を総論として再録するかたちのスタイルをとりましたが、今期からは、ことさら編者を立てることも総論を置くこともせずに、各論を対等に数多く並べることにいたし、また、より若手の研究者にも沢山参加して貰うことで、柔軟な発想で、新しい状況に対応していけたらと考えています。

既刊第一期の十巻同様、多くの読者が得られることで、文学研究、あるいは文学そのものの存続のための一助となれることを祈っております。

現代女性作家読本刊行会

目次

はじめに――・3
桐野夏生が野原野枝実だった頃――〈ロックする心〉の美学――倉田容子・8
『天使に見捨てられた夜』――〝キャラクター小説〟と〝小説〟の狭間で――仁科路易子・12
『ファイアボール・ブルース』――女子プロレスする小説――黒岩裕市・16
『水の眠り 灰の夢』――「村野ミロ」の父たち――小林一郎・20
脱出への過激な夢――桐野夏生『アウト』――岩佐壯四郎・24
『錆びる心』論――狂気と生気の狭間――李 聖 傑・28
「ジオラマ」――ポストバブル時代のひそやかな欲望――坪井秀人・32
『柔らかな頬』――その特異性の問題――小澤次郎・36
『ローズガーデン』――大國眞希・40
『光 源』――関係性としての怒り――永栄啓伸・46
光と匂いの戯れ 月と花の饗宴――桐野夏生の『玉蘭』を読む――李 哲 権・50

目次

切り捨てて生きる美しさ――『ファイアボール・ブルース2』――**藤方玲衣**・56
『ダーク』――**中村三春**・60
桐野式『リアルワールド』にOUT＆INする――**蕭伊芬**・64
「グロテスク」――ナルシシズムの怪物の物語――**佐藤翔哉**・68
『残虐記』――『柔らかな頬』の系譜として――**原善**・72
桐野夏生『I'm sorry, mama.』――**徳江剛**・76
『白蛇教異端審問』――小説教信者の告白――**押野武志**・80
対極にある物語――「魂萌え！」と「女坂」――**吉目木晴彦**・84
『アンボス・ムンドス』――世界を二つに分かつ時、そこに生じるはあなたの〈悪意〉――**原田桂**・90
『冒険の国』――未来への冒険――**恒川茂樹**・94
『メタボラ』――メタボリズムの実践――**明里千章**・98
『東京島』――「わたしのママは凄い人」――**片岡豊**・102
黄泉の国の女神イザナミ――『女神記』――**千葉俊二**・106
『IN』が抹殺したもの――**波瀬蘭**・110
「ナニカアル」――偽装の中の心情――**杉井和子**・116

『優しいおとな』――愛を求めて「移動」する少年――飯塚　陽・120
『ポリティコン』――(反)ユートピアのゆくえ――仁平政人・124
『緑の毒』――羊頭狗肉、また楽しからずや――林　廣親・128
半分の『ハピネス』――山口政幸・132
それぞれの戦争へ、小説の狼煙を――『発火点　桐野夏生対論集』――錦　咲やか・138
桐野夏生　主要参考文献――岡崎晃帆・143
桐野夏生　年譜――堀内　京・157

桐野夏生

桐野夏生が野原野枝実だった頃――〈ロックする心〉の美学――倉田容子

オフィシャルホームページ「BUBBLONIA」（http://www.kirino-natsuo.com/）には作品リストはおろか当時の筆名さえ掲載されていないが、桐野夏生がかつて別名義でロマンス小説や少女小説を執筆していたことは知られている。少女小説時代の筆名は野原野枝実。『ガベージハウス、ただいま五人』（集英社文庫コバルトシリーズ、91・3）の「あとがき」には〈愛している名前なのです。理由は、今は亡き森茉莉さんの小説に出てくる名前だからです〉とある。桐野と森茉莉という取り合わせには意外の感があるが、『甘い蜜の部屋』（新潮社、75・8）の藻羅《モイラ》の級友・野枝実が〈母親のよね子が恋人の所に去って、現在祖母に育てられているが、父親の朔也は友だちの母露生《もろう》と、或は一人で、酒場や、カフェーに飲み歩く他は、二階の書斎に閉じ籠っている〉という孤独な少女であったことを想起すれば腑に落ちる。自らを溺愛する父・林作について得意な調子で語る藻羅と、藻羅に〈深い羨望〉と〈微かな不快〉を抱く野枝実の関係性は、いかにも桐野夏生的であるように見えるからだ。

無論、その筆名に必然性を見出すのは、後年の作品群を知る者の遡及的なまなざしに過ぎない。野原作品それ自体は悪意や毒に満ちているわけではなく、軽妙な語りとハッピーエンドを基調としている。だが桐野夏生を通過した目は自ずと、そこに後の作品世界の萌芽を探してしまう。野原の主な活躍の場であったMOE文庫スイートハートの作品群を見てみよう。例えば『あいつがフィアンセだ！』（89・8）や『小麦色のメモリー《思い出》』（89・8）

では、『顔に降りかかる雨』（講談社、93・9）他ミロシリーズを連想させるような危うい男女関係が展開されている。『あいつがフィアンセだ！』の主人公・麻衣子は父の遺言により学園切ってのプレイボーイ・陽介と結婚するが、やがて芽生えた陽介への愛情と、父が残した〈超抗生物質〉の製法を陽介に奪われるのではないかという疑惑の板挟みとなり苦悩する。『小麦色のメモリー』は元スキー選手の奈美がテニスの名門村沢学園に入学してからマルチナ・ナブラチロワを下し〈テニスガール〉と呼ばれるまでの道のりを描くスポーツ小説だが、物語末尾、奈美は〈今日はお互いに相手が住めるくらいのスペースを心の中になんとか作ればいいわ〉と言い、想い人の駿と一夜限りの関係を持つ。この他、『恋の偏差値しあわせ未満？』（89・9）の恋に目覚めたガリ勉少女・綾奈の猪突猛進ぶりは『グロテスク』（文藝春秋、03・6）の和恵を彷彿とさせ、『トパーズ色のBAND伝説』（89・10）に登場するヘビメタ少女マーサの〈あたしが問題にするのは、ロックする心だよ。（略）どっか反逆心がないヤツはできないんだよ〉という言葉は、桐野が描くハードボイルドなヒロインたちの本質を示しているように見える。このように野原作品には桐野夏生の片鱗が散見する――と、読めてしまうのである。

ただし、桐野夏生との連続性を差し引いたとしても、野原作品は少女小説というジャンルには馴染まない要素を多く孕んでいる。後に桐野は、〈悲しいことに私の書く少女小説はあまり売れなかった。（略）自分では少女のリアリティを書いていると思っていたから、どうして私の書いたものが少女たちに受け入れられないのかがわからなかった〉（赤川次郎『黒鍵は恋してる』「解説」集英社文庫、94・4）と回想している。その要因として、集英社文庫コバルトシリーズと講談社X文庫ティーンズハートが主流を成していた八〇年代後半の少女小説市場において、約一年半で廃刊となったMOE文庫が占めていた位置も考慮する必要はあるだろう。だがより根本的な理由は、まさに〈少女のリアリティ〉の表象に関する部分にあったのではないか。野原作品のヒロインは、感傷や恥じらい、性に対する思春期特有の嫌悪感などとは無縁だ。彼女たちは、恋愛にせよスポーツ・勉学にせよ常に自らの欲望と正面から向き合い、孤独や失敗を恐れず、なりふり構わず目標へと突き進んでいく。同時に、それによって発生した様々な問題を一人で引き受ける潔さも備えている。つまり、現実の少女たちと共感の共同体を形成するには、野原の描くヒロインたちはあまりにも《強い》のだ。その強さは痛快だが、一方で、現実に存在するジェンダー規範や、それが少女たちにもたらす苦悩や葛藤が等閑視されているようにも見える。

その意味において、ジェンダー規範を織り込みつつ軽やかに異化することに成功した『恋したら危機《クライシス》！』（MOE文庫、89・8）をはじめとする危機《クライシス》シリーズは、一見すると非現実的な設定でありながら、野原作品の中では最も〈少女のリアリティ〉に寄り添った作品と言えるかもしれない。危機シリーズは、誤って男子校である清風学園に転入してしまったオーストラリア・ヘロン島育ちの少女・北風薫が、恋や友情を育みながら男子校生活をサバイブしていくラブコメディである。発行部数は定かではないが、パートⅢまで続き、MOE文庫廃刊後は偕成社Kノベルスから復刊しているところを見ると、比較的好評を博したものと思われる。パートⅠの末尾で薫は同室の成丸と恋仲になり、パートⅡ、Ⅲでは二人の関係性が物語の中心となるが、何と言ってもシリーズ最大の見どころは日本の少年たちの珍妙な日常を観察するパートⅠの〈エイリアン〉としての薫のまなざしにある。

> あたしは日本国の男子高校生諸君が、気の毒になった。精神レベルは恐らく世界一下ではないだろうか。美少女のカードを大事にしていたり、初対面の転校生をからかったり、ゲイのことを話したり、完全に遅れている。／オーストラリアの友達と比較しても仕方ないけど、彼らは他人に興味を持たない。ゲイであろうと、それはその人の問題だからあれこれ言わない。そして、自分のやりたいことを見つけてどんどん進んでいる。

ママはウミガメの研究者、パパはその助手だと話して級友たちに笑われた時も、薫は少しも臆することなく、

〈あたしはあのヘロン島付近の人々のことを考えた。皆、両親の話をすると感心する人はいても、笑った人間はいなかったように思える。日本の男の子は保守的である〉と冷静に分析する。そして、〈よおし、この憎たらしい日本国の少年たちを絶対にダマしてやるぞ〉と闘士を燃やす。薫も他の野原作品のヒロイン同様、ドメスティックな規範をものともしない《強い》少女だが、〈帰国子女〉であり（非・国内的）、男子校生活を強いられている（非・家庭的）という二重に非ドメスティックな設定が、その〈リアリティ〉の担保となっているのだ。

薫が〈エイリアン〉であるのは、〈男子高校生諸君〉の間だけではない。薫が女であることを見破った聖存《せぞん》学園（女子高）のモコに〈ほかの高校に移ろうって思わなかったの？〉と聞かれ、薫は答える。〈思わなかったわ。それより、男子の間のほうが便利と思ったの。だって、日本て女の子は、みんなフミカちゃん的な教育を受けている、と思っていたの〉。〈フミカちゃん的な教育〉とは、〈受け身〉で〈子供っぽい〉、男の子に愛される少女になるための教育である。このあと薫は、しかしモコのような面白い少女もいることが分かったと続け、聖存学園に入り直す計画を立てる。その計画は失敗に終わるが（パートⅡ参照）、ここでは現実の規範を見据えつつも、そこから逸脱する〈少女のリアリティ〉が描出されている。同時に、それを外部から眺める薫のまなざしを描くことで、この〈リアリティ〉さえも相対化している点にこそ、野原作品の特色が発揮されていると言える。

ＭＯＥ文庫廃刊後、野原は桐野夏生となり、松浦理英子が〈これほど真正面から〈カッコいい女性像〉の探求が行なわれているジャンルは他にない〉（『天使に見捨てられた夜』「解説」講談社文庫、97・6）と評したミステリの世界に進出する。だが〈カッコいい女性像〉の探求はおそらく、少女小説の時代から既に始まっていた。規範に絡め取られる〈少女のリアリティ〉を時に冷たく突き放し、時にそれを生み出す現実状況に正面から〈反逆〉する。野原作品は、〈ロックする心〉の美学に貫かれている。

（杉野服飾大学専任講師）

『天使に見捨てられた夜』

――〝キャラクター小説〟と〝小説〟の狭間で――

仁科路易子

本作は桐野の江戸川乱歩賞受賞作『顔に振りかかる雨』('93)の続編であり、俗に「村野ミロシリーズ」と呼ばれるシリーズの二作目である。そう書くだけで、このテキストの性格はある程度決まってしまう。さらに「女流ハードボイルド」という謳い文句を付けると完璧だ。誰もが思う。これは「村野ミロ」と呼ばれる女探偵を主軸として、反道徳的・暴力的な内容を批判を抑えた簡潔で客観的な文体で書いた作品であろう……と。

その認識は半分正しく、半分間違っている。「村野ミロシリーズ」は二〇一三年九月現在、スピンオフ作品を含め長編四作、短編四作が刊行されているが、「村野ミロ」が女探偵として活躍するのは、本作『天使に見捨てられた夜』と、短編三作だけなのである。『顔に降りかかる雨』は、彼女は父が元探偵で、自身は大手会社の調査員経験者、などという素養はあるものの、事件に巻き込まれただけの一般人であるし、最新作『ダーク』では、ミロはある事実を知ってから早々に探偵であることを放棄し、他にも様々な逸脱を見せる。では、その結節点にある本作はどういう意味を持つのだろうか。

冒頭はあるアダルトビデオの一場面を見ている主人公の視点から始まる。ありきたりのポルノに見えた作品がどうやら中心の女優の意志を踏みにじったように思える暴力じみた輪姦ものに変わっていく。その女優、一色リナを探し出し、レイプとして訴えさせたいという依頼人、渡辺は、フェミニズム系の出版経営者。ミロは面倒そうな予感を覚えつつも紹介者への義理や経済的事情から断ることができず、引き受けることになる。

　おそらく、二週間たっても一色リナは出て来やしないだろう。たぶん、この仕事は失敗だ。しかし、この仕事が終われば私は自由の身で、格安料金ながらも少しは懐が暖かくなっているというわけだ。折しも年末。休業にして、のんびりしていればよいではないか。

　事件の輪郭をなぞるような始まりと、対象から一歩引いたような女主人公のドライな物の捉え方は読者を安心させる。唐突に事件に巻き込まれる形の第一作よりも、本作はより探偵物らしい作りになっている。ミロは依頼人の渡辺が一色リナの安否を気にしつつも、自身の運動や出版社の宣伝のためのパフォーマンスの機会をうかがっていることに勘付き、行きすぎようとする彼女に時々、辟易しつつも、その活動に対する真摯さには好感を覚える。そして、元探偵だった父や隣人の協力もあって一見、バラバラであった点と点が繋がり、事態は思いも掛けない様相を見せ始める……。

『ダーク』で、あまりにも衝撃的にシリーズ物の「お約束」や「ハードボイルド」のジャンル的な制約を蹴散らしてしまったことで忘れられがちだが、村野ミロは元々、（少なくとも本作までは）同じ系譜に位置づけられると考えられていた海外女流ハードボイルドの探偵達に比べるとあまりにも弱く、不安定な存在として描かれていた。勿論、ヤクザ等の暴力的な男達に対する態度や脅されても屈しない度胸や行動力等、一般女性とは比べものにならないほどのタフさはあるのだが、腕っ節が特に強いわけではない。また惚れっぽくて、心惹かれた男性に依存しがちになる傾向も顕著だ。

　本作ではよき隣人である友部に対する傾倒と、一色リナに無体なことを強いた容疑の濃い男性、矢代と一度ならず関係を結んだあげく、その隙を突かれた形で、渡辺を死なせてしまった失態は、つとに指摘されるところである。けれどその人間的な弱さをも含めて本作までのミロは、〝キャラクター〟的であった。〝キャラクター〟的というのは、その立ち位置、設定、容姿、作中での役割等のコードから逸脱しない記号的存在、という意味で使っている。

影に徹しているが、肝心なところで〝マイマイズ井戸〟等の忠告をくれ、往年のベテラン探偵の風格を見せる父親、村野善三。彼にとっては〈「男」の持つ抽象的美点が至上〉なのだとミロが考える友部、善三の昔馴染みの弁護士、多和田、等々。桐野はこれらの登場人物をあまり変化させることなく、舞台装置のように配置して、新しい事件だけを放り込んでいくことで、テレビシリーズ化等を狙える（実際、『顔に振りかかる雨』は'94年にテレビドラマ化、本作『天使に見捨てられた夜』は'99年に映画化されている）ような、シリーズ物として、書き続けていくことができた。作家がそれを選ばなかったのは、その後の展開を見れば明らかだが、その変節が多くの読者に衝撃を与えたのも、（文庫版『ダーク』（'06）の後書で福田和也は『ダーク』の単行本発行当時（'02）、ミロ・シリーズの愛読者は当惑し、激怒した者もいたそうだと言及している）ひとえに、この『天使に見捨てられた夜』がその後の安定したシリーズの展開を予測させる、端整なハードボイルド小説の趣を一作で確立しているからに他ならない。

後の桐野の活動を考えるなら、『ダーク』が異質だというよりは、『天使に見捨てられた夜』と、短編集『ローズガーデン』収録の表題作以外の三作が、桐野の系譜的に異質であり、脇道の到達点と言えるのではないか。桐野は安定したミステリ作家にもなりうる可能性をここで見事に示し、そして放棄したのだろう。

シリーズ作としての位置づけはここまでにしてテキスト自体を見ていこう。前述したように、隣人に依存したり、容疑者の誘惑に乗ってしまう危うさはあるものの、ミロは探偵役として一定の距離を取りながらも対象を追い求めていく。二十年前の作品でありながら驚くのは我々を取り巻く闇社会や風俗が今とさほどの違いがないことだ。一色リナを探すための重要な手がかりであるキーワード〝雨の化石〟は、現在なら、携帯電話で一瞬で検索できてしまう（もっともこれは本作とその映画化により有名になった側面もあるようだ）などという違いはあるものの、アダルトビデオの会社やその出演者にまつわる闇、ミロとその父親がともかく足で動き回り、電話をかけまくって対象を絞り込んでいく調査の様子など、現在でも十分通用するものだと思われる。

問題のビデオに映り込んでいた赤い制服と、キャンディのように瓶に詰められた土の玉。その二つを手がかりにしてミロは、糸をたぐるようにリナの居場所、そして殺された元ロック歌手、富永洋平との係わりを探り明らかにしていく。

『天使に見捨てられた夜』とはは富永の往年のヒット作の曲名だ。それは過去の真犯人のことのようでもあり、落ちぶれ、真犯人の軽蔑と憎悪の対象となる富永のようでもあり、一色リナのことのようでもある。犯罪の連鎖は、リナが騙されて複数人による強引な陵辱のビデオを撮られたことから始まり、富永の死、渡辺の死と続いていくのだが、それはすべてリナの不幸な出生に端を発している。ミロはその時々で、関係者と時には浅く、時には深く関わっていくが、傍観者の域は逸脱しない。鍵となる人物が旧友である『顔に降りかかる雨』ともこの点は一線を画している、本作だけが純粋に「探偵役」を視点人物とした、隙のないミステリであり、いくら個人的な心情や人間関係が描かれても、村野ミロは、この事件の〝主役〟とはなりえない。この完成度の高さ――裏を返せば閉塞感が、後のレギュラーとなった登場人物達のキャラクター性――記号性をほとんど破壊する『ダーク』へと繋がったのであろうが、構築されたものがなければ、破壊もありえない。来たるべき破壊のために完成されたテキスト。後から振り返れば、本作はそのような評価が妥当なのではなかろうか。

（近代文学研究者）

『ファイアボール・ブルース』——女子プロレスする小説——

黒岩裕市

一九九〇年代前半、女子プロレスは何度目かのブームを迎えていた。九二年に始まる団体対抗戦は翌九三年に盛り上がりを見せ、九四年一一月には東京ドームで一〇時間にも及ぶ興行が行なわれた。その二ヶ月後の九五年一月に刊行されたのが桐野夏生の『ファイアボール・ブルース』である。『ファイアボール・ブルース』は、ある外国人女子レスラーの失踪を、ＰＷＰという団体の花形レスラー火渡抄子と、火渡に憧れてＰＷＰに入団したものの、まだ一勝もあげていない近田が追いかける物語で、近田が〈自分〉という一人称の語り手になる。犯罪小説の様相を呈してはいるのだが、火渡が基本的に正面突破型であるため、事件の展開や解明にはあまり楽しめないかもしれない。事件よりも、その背景の女子プロレスがこの小説の醍醐味であることは間違いない。

ＰＷＰは、老舗の団体オール女子を辞めた年長のアロウ望月を筆頭に、エースの火渡、パンサー紀美、火渡と同期の難波友恵、アマデウスさゆり、ヒールの白蛇、三好美香子、近田の一年先輩の覆面レスラーのキメラ坂上と北本、近田、近田と同期のアイドルレスラーの与謝野ミチルと神林、近田の一年後輩の春木と権藤、練習生から昇格してデビューする山田という一五人のレスラーと、四人のフロント、および、レフェリーのミッキー麗衣によって構成されている。そのなかでも異彩を放つのが〈ファイアボール〉の異名を持つ火渡抄子である。

作品のなかで何度も、近田の目を通して火渡の身体の特色が記される。アマレスでチャンピオンになり、〈強いプロレス〉を目指す火渡は、〈身長百七十センチ、体重七十キロ。筋肉質の均整の取れた体型。短く刈り込んだ髪〉といった男性的な風貌をしており、その筋肉も男子レスラーにたとえられる。プロレス記者の男性である松原と並ぶと火渡のほうが〈男らしい〉。風貌だけではなく力や技量でも火渡は男性に匹敵する存在である。事件の発端となる男女ミックスの試合に火渡が出場した際、〈男と女は決して闘わない〉というルールが設けられていた。そこには、女子レスラーは男子レスラーにはかなわないという偏見が見え隠れする。しかしながら、作品の終盤では、火渡は、（レスラーではないものの）空手の師範である真行寺を倒すことになる。

だが一方で、火渡は単に男性的な人物として描かれているわけではない。〈顔は男よりもはるかに美しく、かつ毅然としている〉、〈男子と違うのは皮膚の美しさだ。滑らかでうっすらと陽に焼け、艶を帯びている〉と男性の身体との差異も強調される。そうした容貌は近田の目にはエロティックに映るものである。桐野夏生は本書のあとがきで火渡のモデルがＬＬＰＷ（現ＬＬＰＷ-Ｘ）所属の神取忍であることに触れ、神取に男女を超越した〈新しいジェンダー〉を感じたと述べている。女子レスラーへのインタビューとその考察を行なった合場敬子は、〈女子レスラーの身体は、さまざまな側面で、ジェンダーによる規範を変容させたり、それが及ぼす制限に対抗する可能性を持っていた〉（『女子プロレスラーの身体とジェンダー』二〇一三年）と指摘するのだが、それはまさに桐野が神取の身体から読み取り、『ファイアボール・ブルース』の火渡に体現させた可能性であるといえよう。

また、外見だけではなく、火渡の内面からも〈新しいジェンダー〉観は見出せるものである。女性選手によって構成されていても、女子プロレス団体は厳格な序列のもとで成り立つ、ある意味ではジェンダー化された空間である。後輩は先輩に絶対的に服従し、先輩レスラーの付き人となると、送り迎えやコスチュームの洗濯など先輩選手のほとんどすべての世話をすることになる。だが火渡は〈そういう決まり切った人間関係がすごく嫌い〉

で、〈自立的な考えの持ち主〉であると近田は語る。付き人の近田にも特別な要求はしない。序列から距離を置くことも〈新しいジェンダー〉のひとつの現われだろう。こうした見方は、文庫版のあとがきで桐野が記すように、一見、中性的でもある〈自分〉という一人称が〈階級社会のなかにいる人間の発する言葉〉として近田やほかのレスラーに割り当てられ、火渡が〈あたし〉という一人称を使うところにも反映されている。

近田の語りによる『ファイアボール・ブルース』で熱い眼差しが向けられるのは、もっぱら火渡であるのだが、火渡の〈新しいジェンダー〉を際立たせるために持ち出されるかのような、旧態依然としたPWPのほかのレスラーたちも作品のなかでただの引き立て役では終わらない。この作品が単行本で出された時には〈逃亡〉というサブタイトルが付けられていた（文庫本では削除されている）。〈逃亡〉とは、事件の被害者である外国人レスラーのことを指すように思われるが、〈逃亡〉という言葉がよりふさわしいのは、合宿所から姿を消す一年目の春木だろう。春木は付き人をしていたアロウにリンチを受け、PWPから逃げたのだった。日曜日の深夜に道場から聞こえた悲鳴やリングに残された血痕といった春木の〈逃亡〉の形跡のほうが、はるかに事件性を喚起させるものである。したがって、この作品でいちばんのヒールの役割を果たすのはアロウということになる。アロウは派閥を作り、そのトップに君臨して、序列を嫌う火渡を敵視する。

このように序列化され、閉鎖的な団体内での人間関係は嫉妬という感情を誘発するものである。近田はアイドルレスラーとして人気が出始めた同期の与謝野に嫉妬する。逃亡した春木が内緒で火渡に相談していたことにも嫉妬し、付き人を私生活に立ち入らせない火渡とは対照的に、濃密な人間関係を形成する（それがイジメを生み出すのだが）アロウの付き人たちにさえ嫉妬する。特に近田の火渡への思いは尊敬と恋愛が一体化したようなもので、火渡をめぐっては、ほかの選手たちにも松原にもライバルであるかのような感情を抱く。だが、近田の場合は、そうした嫉妬がリングの上でのファイトになかなかつながらない。普段は気が強いのだが、リングでは同期どころか後輩にも勝てず、シングルでの連敗記録は止まらない。物語の最後、ＰＷＰの最終興行のセミファイナルで、近田がアロウから劇的なシングル初勝利を奪い、大団円を迎えることになる。

序列化はＰＷＰ内部の選手の間だけのものではない。ＰＷＰでは絶対的な存在であるアロウだが、もともと所属していたオール女子からは〈二十五歳定年〉制のもと、すでに引導を渡されている。ＰＷＰにはほかにもオール女子退団者や入団を断られたレスラーもいる。そもそも業界最大手のオール女子は新興弱小団体のＰＷＰを馬鹿にしている。しかし、女子プロレス団体間に格差があるとしても、作中に登場する男子レスラーは女子レスラー全体を一段低く見ている。リング上でセクハラも行なう。さらには、ＰＷＰのなかでも、フロントの男性たちは女子プロレスを見くびった言動をくりかえす。そうした男性中心的なプロレス業界と闘うかのように、作品の終盤でＰＷＰの解散が間近に迫った時、男子レスラーの吉崎に自身の団体のなかに〈女子部〉を作る話を持ちかけられても、火渡はきっぱりと断る。ＰＷＰの営業部長である栗本という男性とともに新団体を旗揚げしようとするアロウとは対照的に、火渡は同期の難波とともに、すなわち女子レスラーが中心になって、新団体を作ろうとするのである。こうした序列のなかでの、そして、序列そのものに対する女子レスラーたちの格闘が『ファイアボール・ブルース』の原動力になっている。

この作品の後、桐野は女子プロレスのいくつかの場面（入団、仲間割れ、引退など）を主題とした短編を発表し、それらは『ファイアボール・ブルース2』（二〇〇一年）にまとめられている。そこでは、火渡だけではなく、『ファイアボール・ブルース』でどこか気になる存在であった与謝野や難波、ヒールの白蛇と北本、レフェリーのミッキーにも光が当てられることになる。

（フェリス女学院大学非常勤講師）

『水の眠り 灰の夢』——「村野ミロ」の父たち——小林一郎

長篇小説『水の眠り 灰の夢』は、「村野ミロ」を主人公にしたシリーズの外伝として一九九五年十月、文藝春秋から「文春エンターテインメント」の一冊として書きおろしで刊行された。初刊の単行本巻頭に置かれた二ページ分の「プロローグ」が、九八年刊の文庫本ではそっくり削除されている。〈一九九五年九月〉（単行本刊行の前月という設定）の日付をもつ「プロローグ」では、昔住んでいた新宿の住所から娘のミロの指示で転送された葉書が、村野善三（本篇の視点人物）に亡友・後藤伸朗の三三回忌の出席を請うていた。ミロを連れて菩提寺を訪ねるつもりになった善三だが、回送で手間取ったのか法要の日は過ぎていた。〈どういうわけか村野はほっとしていた。すべて遠くなってゆくのならそれでいいと思った。村野は再び、窓の外に溢れている陽光のきらめきに目を転じた。信じられないほど清らかで明るい光を眺める。あらゆるものに眩《まばゆ》い光沢と濃い翳《かげ》を造りだす光を。／が、じっと見つめていると目眩《めまい》がした。思わず目を閉じると、残像は反転し、それらはすべて燃えつきた灰のようにも思えるのだった。〉（単行本、四ページ）——標題を暗示する「プロローグ」を作者が削除した意味は、あとで考えてみたい。本書の底本は、著者の手が入った文庫本とする。

村野ミロシリーズは、本書以前に江戸川乱歩賞受賞の①デビュー作『顔に降りかかる雨』（講談社、一九九三年刊）と②第二作『天使に見捨てられた夜』（同、94）の二長篇が、③本書以降に④短篇集『ローズガーデン』（同、二〇〇〇年刊）と⑤最後の長篇『ダーク』（同、02）が刊行されている。本書を除くすべてが講談社から出ていることからも、『水の眠り　灰の夢』が村野ミロシリーズの正典と一線を画したものだとわかる。一口にシリーズと言っても、前半の①②と後半の④⑤では、作品のトーンが著しく異なる。大略、前半では新たなハードボイルド小説のヒロイン誕生とその活躍が、後半ではミロがヒロインの座を降りて人間として生きる道を選ぶ過程が描かれる。その結節点となったのが本書である。村野ミロシリーズの単行本と文庫本の刊行状況を整理しておこう。刊行順に、①単行本②単行本③単行本のあと、①文庫本（96）②文庫本（97）③文庫本（98）とそれぞれきっちり三年後に出て一区切り付けたあと、④単行本⑤単行本のあと、④文庫本（03）⑤文庫本・上下（06）が講談社から出て、シリーズは終了している。前半の二作と後半の二作の間に明確な線が引かれている。この間に桐野夏生は、一九九九年上半期の第一二一回の直木三十五賞を講談社刊の『柔らかな頬』で受賞した。

一九六三年九月五日午後八時、『週刊ダンロン』の特約記者・村野善三は、雑誌を校了して飲みに出る途中、地下鉄銀座線の車内で爆破事件に遭う。目を通す暇がなかった朝刊から、爆弾魔〈草加次郎〉事件との関連で記事が一本書けるかもしれない、とトップ屋としてネタになる記事を探していた矢先だった。怪我はなかったものの、犯人のわからない爆破事件に巻きこまれた村野に次次と難題が降りかかる。トップ屋の集団〈遠山軍団〉内で、総帥の遠山と学生時代からの僚友後藤に確執が生じたらしい。戦災で両親を亡くした村野の保護者代わりの長兄からは、甥で高校生の卓也を入り浸っている所から連れもどしてほしい、と頼まれる。新進のデザイナー・坂出俊彦の葉山の邸宅から卓也を車（後藤から借りたＭＧ）で連れて帰るときに、いっしょに乗せた十七歳のモデル・タキは、その後なにものかに殺害され、遺体が隅田川に浮く。村野は吉永小百合を脅迫した草加次郎を追いつつ、タキ殺しの嫌疑を晴らすべく、警察や記者仲間と丁丁発止のやりとりを繰りひろげる。後藤から紹介された大竹早重への想いを募らせながら。その早重は後藤の子供を産んだが、後藤の結婚の申し出を断っていた。彼女の父は日本画の巨匠・大竹緑風。葉山の文化人のスキャンダルを暴こうとした遠山は、緑風の友人、右翼の大立者・小島剛毅傘下の国東会の若頭・鄭から脅されていた。小島は警察上層部に圧力をかけて、事件から手を引くことを条件に村野を窮地から救う。小島から恩義を受けつつも、村野は犯人追及の手を緩めない。不幸な家庭に育ったタキの話を親身に聞いてやれなかった後悔ゆえだ。村野は、タキと同じモデルクラブの変死した少女の足取りを追って、後藤と共謀して犯人を罠にかけようとする。村野と早重が現場の連れ込み宿を引きあげたあと、後藤はタキたちに「人形遊び」をさせていた吾妻組のヤクザに襲われ、刺殺される。村野は傷心の早重にせがまれて抱く。三年前に後藤が目論んだ三角関係、恋人の譲渡はこうして悲劇的な結末を迎える。

モデルクラブの少女とタキを殺した犯人はそれぞれ意外な人物だが、草加次郎と目されるのがそれに輪をかけて予想外の人物だ。桐野は、一九六二年から翌年にかけて実際に起きた（結局は迷宮入りした）爆破・脅迫・狙撃事件に対して、独自の決着を付けている。単行本巻末の「参考文献」に草加次郎事件の資料そのものは挙がっていないが、当時の関連資料も綿密に読みこんだうえでの推理だろう。ミステリとしての本書の筋の大本に睡眠薬と覚醒剤があって、件の「人形遊び」のために使われる。ノーベル賞作家の代表的な中篇さながらの設定で、桐野は『残虐記』（04）で谷崎潤一郎の衣鉢を継いだように、本作でも小説家が創造した「遊び」の裏面を書こうとしたのだろうか。むろんそれもあるだろう。だが本書が描いているのは、村野ミロの出生譚であり、草加次郎の人物像であり、東京オリンピック開催直前の首都の変貌であり、週刊誌を中心とするマスコミの生態（新聞と週刊誌の違い、週刊誌を発行する出版社の社員とフリーランスのトップ屋との違い）であり、映画（黒澤明『天国と地獄』）の手口をまねる犯罪であり、小説の方法をまねる犯罪的遊戯であり、真犯人を追う刑事（市川の人物像が秀逸）の捜査と参考人にさせられたトップ屋の犯人追及のゆくたてである。一九六〇年代の東京のひりつくような生生しさを表現するのに、三十二年後の「現在」から回想する冒頭の「プロローグ」は迂遠だ。後藤の死を最初から明かすのは小説の筆法としてまずい、という面もある。しかしそれ以上に、アンジェイ・ワイダ監督作品『灰とダイヤモンド』――〈君は知らぬ、燃えつきた灰の底にダイヤモンドが潜むことを……〉――に心酔した後藤と村野たちがトップ屋として生きた時代を回顧的に語ることは、村野ミロシリーズ後半戦に臨もうとしている桐野にとって本意ではなかっただろう。小説家としての本当の戦いが、今まさに始まろうとしているのだから。単行本の「エピローグ」（文庫本では「51」）という、桐野作品にしては珍しく幸福感に満ちたエンディングは、「プロローグ」を削ることによっていっそう鮮やかさを増した。

本書で最も印象的なシーンを挙げよう。物語の半ばで事件のため失業した村野は、鄭から調査屋の仕事を持ちかけられる。村野ミロシリーズにおける国東会の調査屋という「村善」の職業は、ここに端を発する。〈「あなたは遅れて入って来た時、ここでは誰も信用しないぞ、という顔をしていらした。後藤さんは盟友のはずなのに、頼るという顔でもない。大概の人間は不安な時は誰か頼る人間を探そうとする。が、あなたは最初から一人でやるつもりだった。なかなかだ、と私は思ったのですよ。後藤さんはインテリ過ぎる。あなたは行動力も頭も最高のバランスのようだ。適任です」〉。鄭は、村野が小島と（その秘書、鄭、後藤と）の会談に乗りこんだ顛末をこう評した。桐野夏生は小説家として、誰も信用することなく、最初から一人で、村野ミロを生み、育て、別の世界に送りだした。〈何もかも欲しがって、己れのこころの底にある最後の欲望までを見ようとするのが後藤だとすれば、一線を超えずに踏みとどまり、その線の強さを試そうとするのが村野なのかもしれない。二人はそんな互いの違いを認めあってきた〉という、ミロの二人の父親を葬ることで。

（日本文学研究者）

脱出への過激な夢——桐野夏生『アウト』——岩佐壮四郎

東京郊外、武蔵村山市の自動車工場周辺に群がる中小工場群。その一角に位置する食品工場の駐車場は、深夜も出勤するパート主婦たちの車で賑わっている。百人ばかりの従業員のうち、三分の一ほどは日系ブラジル人の出稼ぎ労働者だが、残りの大半は、三十代から五十代の主婦で、コンビニ弁当を製造するのがその仕事。まだ梅雨もあけない七月のある日、ここで働く香取雅子は、パート仲間の山本弥生から、夫を殺してしまったという電話を受け取る——。桐野夏生『アウト』（一九九七年）のオープニングだ。

弥生は、四十三歳の雅子より九歳ほど若く、二十代でも十分通用するほどの美貌だが、二人の子供まで設けた会社員の夫は、ギャンブルに手を出して家庭をかえりみなくなった。保険金目当ての類の計画的な殺人というわけではなく、諍いのはずみで夫はあっけなく死んだが、困ったのは死体の処理。相談を持ちかけられた雅子が思いついたのが、風呂場で死体を解体し、生ゴミとして処理するという方法だ。雅子と、やはりパート仲間で五十代半ばの寡婦である吾妻ヨシエが死体を切り刻む場面を再現していく手捌きは的確で、臨場感にあふれている。ピンク色の肉片をビニール袋に詰めていく手袋からは滴る血の匂いさえ漂ってくるようだ。

解体に関わるのは工場で働く四人の女性。午前零時から午前五時半まで彼女たちが従事するパート労働の実態や、犯罪に至る社会的な背景もまた、深夜の食品工場やマンションの狭いキッチンに棲息する主婦の視線によって捉えられる。非正規雇用、外国人労働者、ヤミ金融、ギャンブル、リストラ、老人介護、ワーキングプア、カード破産、D・V、家庭内別居etc.――。交錯する女性たちのまなざしが浮かび上がらせるのは、いずれも、一九九〇年代後半から日本社会を冒しはじめた問題群だ。しかし、それらはたんなる社会風俗として点描されるわけではない。高度経済成長期にさしかかった時期を背景にした『水の眠り灰の夢』（一九九五年）と同様、この作品が挑んだのは、バブルの夢がハジケた時代の日本人が意識の暗がりで燻らせていたものに、想像力の垂鉛を降す作業だが、原稿用紙に換算して一四〇〇枚を超えるこの長編が、地下鉄サリン事件やバラバラ殺人事件の話題が新聞やテレビを賑わした時代の息づかいを感じさせるのは、奔放な想像力による語りが、綿密な資料に裏付けられているところにもよる。博捜した資料に想像力を自在に羽ばたかせていくというこの手法は、やがて書かれる『グロテスク』（二〇〇三年）では、東電OL殺人事件を通して、やはりバブル後の日本人のグロテスクな自画像として像を結ぶことになる。しかも、ここで取り上げられた問題が、現代社会がグローバルな広がりのもとに向き合わなければならなかったそれでもあるのは、日本でミリオンセラーになるだけでなく、英訳されても異例の売れ行きを示し、エドガー賞にノミネートされたことが示してもいる。その意味では、グローバル化の時代の社会派ミステリーの傑作のひとつといっていい。だが、社会派ミステリーとして括ってしまうとしたら、それはこの小説の孕む問題の一面にしか目を向けていないといわなければならない。

《雅子は「ガルシアの首」という映画を思い浮かべている。映画の中の男は腐りかけた首に氷をまぶしながら、炎天のメキシコをブルーバードSSSで突っ走っていた。男の怒りに満ちた悲壮な顔。雅子は、十日前の自分も、この場所を彷徨《さまよ》いながら、きっと同じ形相をしていたに違いないと思う。（中略）しかし、怒りは自分を解き放つ。あの朝、自分は確実に変わったのだ。》

途方にくれた弥生の電話は、ほとんど会話をかわすこともなくなった夫や息子と営む家庭のなかで雅子が燻ぶらせつづけていた感情と瞬時にスパークして炎上する。物語の後半は、弥生の夫の死体の解体に手を染めた彼女と、弥生を夫殺しに追い詰める契機となったバカラ賭博場のオウナーである佐竹光義との、息詰まるような争闘の劇として繰りひろげられることになる。そのテイストに、ミステリーというよりはハードボイルドといっていい過激な趣きがあるのは、彼女の戦いが、「自分を解き放つ」ためのそれでもあるところによっているからといってもいいかもしれない。彼女のなかで燃えあがった自己解放をめざす焔は、解体作業に加わった、五十代半ばの寡婦であるヨシエの鬱屈に引火し、ついには、認知症の姑の徘徊する彼女の家を焼き尽くさせてしまうことにもなるのだ。自己を閉じ込める世界からの暴力による脱出。雅子が意識の薄暗い場所で燻ぶらせる脱出＝アウトへの願望は過激だが、同時に、この長編には「絶望に至る道とはいかなる種類の体験をもつことも拒絶することである」という、フラナリー・オコナーの言葉がエピグラムとして掲げられていることも想起させる。

オコナーはアメリカの女流作家。紅斑性狼瘡という難病を病み、一九六四年に三十九歳で逝った。この病気は、脚と顔の骨がやわらかくなる膠原病の一種で、病気の進行と共に容貌が狼のような顔に変形するところからこう呼ばれる由である。引用の献辞は、オコナーのエッセイ「小説の本質と目的」（上杉明訳編『秘儀と習俗――アメリカの荒野より――』一九八二年）の一節だが、そこで彼女は、「小説を書くことは、現実のなかに突入することであり、「書いてあるあいだに髪はばらばらに抜けおち、歯はぼろぼろになる」ほどの「恐ろしい体験」（須山静夫訳、一九七四年）だと述べている。一九五〇年代のアメリカ南部を舞台にした小説でオコナーが創作を通して「体験」したのは、猜疑、憎悪、嫉妬、打算、虚栄、差別、怨恨、陰謀というような人間性の邪悪な部分をめぐる現実だが、この献辞からは、都心から周辺部までダイナミックに跨いで、東京といいう荒野に棲息する人間達の無意識の領域という「現実」のなかに「突入」しようというラディカルな意志をみてとるべきだろう。

『ＯＵＴ』を発表したのちの桐野は、『残虐記』（二〇〇四年）や、『グロテスク』『フェィアボール・ブルース』（一九九五年）などで、暴力の衝動と分かちがたくむすびついた性の欲望を抉りだすことに挑んでいく。これらの作品のヒロイン達は、いずれも名門女子高や女子プロレスといった自己の所属する女性の集団から脱出することを渇望している。『ＯＵＴ』では、死体の解体に従事するのは四人の主婦だが、『リアルワールド』（二〇〇三年）『アンボス・ムンボス』（二〇〇五年）ではそれぞれ四人の女子高生や女子中学生の、また、近作の『ハッピネス』（二〇一三年）ではいわゆるママ友の集団を通して、そこに違和感を抱き、ＯＵＴ＝脱出しようとする女性達の内面に光があてられるのだ。そこには、自己の内部に横たわる不可解で不気味な場所、いわば女性性の負の部分とでもいうべき聖域に大胆に踏み込もうという意志をみてとることができるのである。

『ＯＵＴ』のほぼ一〇年後、桐野は長編小説『ＩＮ』（二〇〇九年）を書いている。作者自身を思わせる女性作家タマキが、『淫』という小説に取り組む過程で緑川未来男なる作家の小説『無垢人』と出会い、この小説をめぐる謎に魅せられるというハナシだ。メタフィクションの手法を取り入れながら、この小説が踏み込もうとしたのは、おそらく作者が、自己の内部に秘匿してきた場所でもあろう。ここにも、自己内部に棲まうアンコントロールな生き物――それは、たとえば、『緑の毒』（二〇一一年）では、シェークスピアの『オセロ』を踏まえてGREEN-EYED MONSTERと名づけられる――の正体を隈なく曝していこうとする意志があきらかだ。『ＩＮ』とは、いわば、自己の内部に入り、そこに棲まう他者＝怪物と向き合うことの決意表明でもあるのだ。『ＯＵＴ』に始まる地獄巡りは、ここにひとつの達成をみせたといっていいかもしれない。その意味でも、『ＯＵＴ』は、桐野夏生という作家の新しい出発を告げる小説だった。

（関東学院大学教授）

『錆びる心』論——狂気と生気の狭間——

李 聖傑

桐野夏生の初めての短篇集『錆びる心』は、人間の狂気を描く六つの作品を収録している。「虫卵の配列」（『オール讀物』96年7月号）、「羊歯の庭」（『オール讀物』97年1月号）、「ジェイソン」（『小説現代』96年10月号）、「月下の楽園」（『小説すばる』94年1月号）、「ネオン」（『小説現代』97年8月号）、「錆びる心」（『オール讀物』97年7月号、「ハウスワイフ」改題）の雑誌発表を経て、97年11月に文藝春秋より刊行され、00年11月に文庫化された。作品の評価については、中条省平が文春文庫の「解説」の中で、「『錆びる心』は、桐野夏生が短篇作家としても松本清張に匹敵する腕の冴えを見せることを証明している」と指摘するように、桐野の初めての短篇集でありながら、完成度の高い作品集だといえよう。六篇の作品の素材はそれぞれに異なるが、人間の心の奥深くに潜む狂気が描かれ、ホラー的な雰囲気が漂っている点においては一貫性が見られるだろう。以下では、一作目の「虫卵の配列」と表題作の「錆びる心」を通して、こうした狂気がどのように描かれているかについて考えてみたい。

まず、一作目の「虫卵の配列」を見ることにしよう。作品は〈私〉（森崎）と内山瑞恵との不意の再会から始まる。ある私立女子中学校の元生物教師の瑞恵は、マイナーな〈劇団ゴルジ〉を主宰している劇作家の阿井蒼馬との〈恋〉を相談する。その苦しい〈恋〉は、瑞恵に教師を辞めさせた理由と言われる。同じく困難な恋愛体験をした年上の編集者の森崎は、二十七歳の瑞恵の打ち明け話に共感を覚えており、自分のHという五歳年下の小学校の図工の教師との失恋話を告白する。芸術活動に携わる人間に苦しい「恋愛」をしているという共感が増していくなか、二人の会話は思わぬ方向へ展開していく。そこに出てきたのは、〈虫の卵がきれいに並んでいる〉という不気味な話である。瑞恵にとって、〈虫卵の配列〉とは阿井の劇の主人公になれない自己に対する嫌悪感とも読み取れる。こうした嫌悪感によって引き出された瑞恵の内部の狂気は、阿井との〈恋愛〉を妄想させたのである。彼女にとっては、その〈恋愛〉はメンデルの法則の実験のひとつとして受け止められている。阿井との間に何かを播いて、育てて、収穫しようと思っているが、それはあくまでも妄想の〈恋愛〉であり、瑞恵の心の中の片思いにすぎない。こうした妄想は彼女の内部に潜んでいる狂気によってもたらされた産物であり、幻想や妄想などによって現実を歪曲し、心の痛みを和らげようとする。狂気に苛まれる瑞恵は、彼女に固有のトラウマ体験など、彼女を深い苦悩・絶望・破綻へと引き込み特有の傷痕を持っている。

次に、表題作の「錆びる心」に注目してみよう。この作品は二作目の「羊歯の庭」と同様に、不仲な夫婦生活を素材にしたものである。「羊歯の庭」は煮え切らない夫を視点人物にしているのに対し、「錆びる心」は強気の妻の側に視点を置いている。夫婦の不仲というドラマは世の中には無数にあるが、忍従しながら十年間かけて家出を計画した主人公の藤枝絹子ほど強い主婦はなかなか少ないだろう。絹子は十年前、青島との不倫が世間にさらされ、東京の女友達の三田知可子のところに転がり込むが、数日後、夫の良幸に引き戻されてしまう。その後、夫への復讐を企てたのである。さて、絹子はなぜ浮気をしたのか、なぜ復讐を謀るまで至ったのだろうか。これらの問題を解くには、彼女が背負ってきた〈錆びた傷〉の正体を見極めなければならない。子供の絹子は勉強が好きで成績もよかったが、高校生のときに母から貰い子だと打ち明けられて、大学進学を諦めてしまったのだ。良幸との見合い話が持ち込まれたとき、国立大学の講師だと聞いて、結婚する気になってしまったのだという。エリートと結婚することで心の中に潜んでいるコンプレックスが癒されるかと思ったが、間もなく間違った結婚だと分かった。野暮な身なり、自己中心的な性格、自慢話好き。〈利己的で幼稚な男〉との結婚生活は、耐える日々であることは想像に難くない。つまり、貰い子という劣等感、そして大学に進学できなかった悔しさなどは解消されるどころか、増す一方になってしまう。これが絹子の浮気につながっていく根本的なところである。浮気相手の青島は、絹子の結婚前に勤めていた化粧品会社の上司だった。理想的な恋愛相手ではなく、正確に言うと、〈気の小さい、けちな男〉である。しかし、夫との平々凡々な日々と比べると、浮気をしているという状況が、絹子を女に戻し、煩悶の結婚生活から逸脱する気分に浸らせている。

そんな状態が半年間続いたが、青島の妻に怒鳴り込まれたことによって終止符が打たれた。良幸は絹子の不倫を許したが、金銭や行動の自由を奪った。月十万円の食費以外は一銭も渡さない。友人の知可子との面会も禁止し、S市を一歩でも出ることが許さなかった。無論、経歴に傷がつく離婚は絶対に応じない。このような日々を積み重ねていくと、絹子は家出するのを選ぶに違いない。どうにか十年間我慢し、ようやく家出の三月二十三日（良幸の誕生日でもある）が来ると、絹子は次のような連想をした。良幸の〈姿が完全に見えなくなるとせいせいして振り向き、玄関ドアを眺めた。灰色の鋼鉄のドアに細かい錆びた傷がある。十年前のあの日、青島の妻が傘で突いた時の傷だった。これは誰も気がついていない。絹子だけの印だった。屈辱と反抗の印。見るたびごとに、時たま鈍る家出の決意を蘇らせるもの。錆びてもなお残る傷〉と書かれているように、玄関ドアに残された傷は写実であると同時に、絹子の心象風景の描写とも読み取れるだろう。この「錆びた傷」を背負いながら、十年間の忍耐の歳月を経て、静かな狂気を醸成してきた。そして、この「静かな狂気」に囚われて、絹子は住込みの家政婦になったのである。新しくできた擬似家族的な生活を体験していくうちに、絹子は十年間耐えに耐えて計画的に家出したことの意味が分かったのだった。作品の結末で、〈あの玄関ドアにある傷と同じものを良幸の心にも植えつけたかったのだ。十年後のこの日、と決めた瞬間から、絹子は良幸の心に自分の何かを印象的に、しかもくっきりと傷つける形で残そうとしていたのだ〉という心境を吐露しているように、〈錆びた傷〉を背負ってきた絹子は相手に同様な傷を負わせたいのだ。人間のエゴイズム、あるいは残酷さが極端に現れている。絹子の心にある闇は、尋常ではない出生を知ったときにまで遡ることができるが、そこから引き出されたコンプレックスは静かな狂気に変わり、徐々に彼女の結婚生活に浸透し、ついに家出の行動に至らせた。作品の後半は、絹子が擬似家族的な生活から充実感を得て、心底の〈錆びた傷〉が癒される過程として受け止められるだろう。換言すれば、その静かな狂気は緩やかに理性のほうへと回復しつつあるのではないか。

最後に、日常生活の亀裂からのぞく人間の狂気を描いたこの短篇集に、作者はどんな思いを託しているかについて考えてみよう。心理的な傷を被っていて、苦悩・葛藤・衝動を抱えている人間像を描こうとしていることは見てきた通りである。しかし、狂気も生気も、同じく人間から発せられる現象であるから、狂気と生気とはわれわれの身体のどこか奥深いところでつながっていなければならない。つまり、狂気は実は生気の裏に平生は隠されているもうひとりの「ほんとうの私」であり、それが時にもうひとつの「生気」である。日常的な枠組では狂気は抑圧されているが、本来の「私」に戻すことができる根本的なエネルギーであるともいえよう。紙幅の都合ですべての作品に触れることができないが、作者はこの短篇集の六つの作品を通して、人間は誰しも生気と狂気の両面を持っていること、つまり多くの人の心の奥底に狂気の原型が内在していると伝えようとしている。そもそも狂気と生気は紙一重のような関係にあり、人間は常に内なる狂気と生気のあいだの円環往復運動をしているといえよう。

（早稲田大学社会科学総合学術院助手）

「ジオラマ」――ポストバブル時代のひそやかな欲望――

坪井秀人

桐野夏生は取材のため東京地裁で殺人事件の公判の傍聴を続けた時の経験を語って、被告の男がなぜ殺人を行ったかが最後までわからなかったと言い、検事も弁護士も被告の〈一線を越えた時の心情と、目に映るもの〉について触れようとしないと指摘している。その上で〈小説の仕事は裁判には決して現れない、別の秘密を暴くことになる。一線を越えた人間の気持ちを想像し、表現することである〉と述べている。ここには法の言葉が掬い取れない世界を掬い取ろうとする小説の書き手としての自恃と使命が表明されていると言える。この自恃や使命を具体的に実践して法の言葉に対抗するためには、その法の言葉と法の規制を受ける日常の言葉の矩を超え出たところに跳躍していかなければならない。すなわち作家自らも〈一線を越える〉ことが求められるのである。

桐野の小説は、世の中に鬱積するいら立ちや憎しみ、憾み、嫉みなどの感情に声を与える。日常に遍在するこれらの感情はしかし、公式的なメディアに拾い上げられることは少なく、ましてや政治的決着の場に反映するということなど、ほとんどないだろう。世の中という劇場の奈落の底で蠢いている個人的／集団的な悪感情、桐野の小説が声を与え、形を与えて受肉させるこれらの感情を、私たちは直截に〈悪意〉と呼んでもよい。

桐野の作品では理解し許し合う人間関係はほとんど描かれない。そのかわりに社会から凋落し日常からずり落ちていく人々に視点が与えられ、それらの作中人物たちは（「ＯＵＴ」でのように）共闘＝共犯することはあっても、多くは猜疑し合い、時には裏切りを犯す。そのような悪意の感情が暴力を呼び、事件を引き起こす。そして暴力や事件は終わりなき悪意を育んで、熄むことがない。桐野の場合悪意は、ジェンダーの水準においてミソジニー（女性憎悪）というモチーフを際立たせることがある。例えば幼児失踪事件を描いた「柔らかな頬」などもそうだが、それは女性作家が女性を憎悪して描くからではなく、世に流通する憎悪それ自体を克明に描こうとする意志によるものと考えるべきだろう。短篇集『ジオラマ』（新潮社、98）所収の、新宿のラブホテルで娼婦がかつてそこで男に殺された別の娼婦の亡霊に出会う「デッドガール」などに明らかなように、そのミソジニーはもちろんミサンドリー（男嫌い）と補完し合う。つきつめていえば桐野の作品には癒しがたいミサントロピー（人間嫌い）の気配が濃密に支配しているのだ。長篇作品ではそうしたジェンダー配置や階級・経済格差、産業構造にまで目配りした視点を配した計算された構成が見られるが、短篇ではそのような個人と社会とを関係づける構造化がむき出しなほど明瞭になる場合と、まったく見えなくなる場合とに大きく分かれるように思われる。

表題作の「ジオラマ」は、マンションの最上階に家族と暮らす男が主人公。ちょうどすぐ下の階に単身で住む赤い髪から子どもの足音がうるさいと苦情を受ける。勤め先の銀行が予期せぬことに倒産してしまった男は、それを契機にその女と階下のその部屋で関係を持つに至る。現実の事件をモデルとして巧みに活用した「グロテスク」や「残虐記」のような長篇作品ほどではないが、この短篇でも雑誌初出（『小説新潮』98・5）と単行本刊行の前年、一九九七年の後半に三洋証券、北海道拓殖銀行、山一証券等の金融機関が立て続けに破綻するという世相、長期的には平成不況と言われる同時代相を反映している。固有名は伏されているが、新潮文庫版（01）の「あとがき」で作者自身がほのめかすように、作中で倒産する〈N銀行〉とは直接には北海道拓殖銀行の経営破綻が念頭に置かれていよう。初出・初版でこれを読んだ読者はごく自然にその記憶を甦らせたはずである。

不良債権を抱えた銀行や証券会社の連鎖的な破綻は、『平成10年版経済白書』をして〈九七年は、戦後初めて大手の金融機関が破たんした年として記憶されよう〉と記させたように、金融システム自体への不安を一気に拡大させる衝撃的な出来事だった。経済と雇用に対する同時代のポストバブル的な社会不安はこの作品の基調を成すものだと言ってよい。窮屈な同族的コミュニティを嫌って、N銀行の庭付きの社宅からマンションを購入して転居した主人公と妻は〈監視のない街で暮らす気楽さ〉を手に入れるが、それは〈多額のローンというリスク〉そして〈慣れ親しんだ世界からはみ出してしまったような不安〉という代償を内包している。物語はこのリスクと不安を、公的な舞台で演じられる倒産・失業という劇をむしろ書割として後景化し、夫と家長というアイデンティティを揺るがされていく一人の男のひそやかでしかし貪婪な欲望を前景化させる。

表題の〈ジオラマ〉とは主人公の男が訪れる郷土資料館に展示されている先史・原史時代の風土を描いたジオラマのことで、彼はそのうちの男が狩りを終えて家族のもとに帰ってくる先土器時代の情景に魅入られている。家族を養うために狩りをする家長。現代人の男であり夫で父親でもある彼はそんなジオラマの中の男に惹かれながらも、当然その位置に辿り着くことなど出来ない。にもかかわらず〈外に出て行って金を得、妻子を養う〉〈男の労苦と誇らしさと安堵〉という、家父長的なアイデンティティへの夢から自由になれないのである。家族を持たない階下の赤い髪の女は〈家庭の幸福〉の論理からは排除される（〈男を頼らない女は死ぬしかない〉）。だが、突然倒産した銀行からリストラされた彼は家庭主体の表の論理と背馳する個人主体の欲望の（裏の）論理に自身を再編《リストラクチュア》させる。赤い髪の女は狩りをする家長への夢を浮かび上がらせる暗部であり、男はちょうど地と図の間を移ろうように八階と九階の部屋を往き来しながら、片方の自己からもう一方の自己を観察する視点を手に入れる。

上下の階は廊下のアプローチも間取りも同じ構造になっており、その複製的空間の中で彼は二人の女と反復的に性交する。階下の女は上階の女（妻）の立てる音を聞いてその生活の図を思い描き、上階の妻は（その相手が自分の夫であることも知らずに）階下で性交する女の喘ぎ声に耳を欹てる。二つの階を往還する男は片方の女に観察される対象でありながら、同時に行為する主体であり、その行為（主として性行為）を即時的かつ対自的に（一緒にいる女あるいは盗み聞きしている女をも媒介にして）捉える観察者でもある。観察する主体と客体が相互に入れかわるこの小説の形は、妻の希望で同族的な相互監視に規定された社宅からマンションに転居して手に入れたはずの〈監視のない〉〈気楽〉な空間が、窃視ならぬ盗み聞きによる世紀転換期以降の、固定的絶対的な監視者を欠落させた〈ポスト・パノプティコン〉（ジグムント・バウマン）的な監視社会の空間であったことを浮彫にする。

単行本の表紙画（四宮金一）には小さな部屋を模した箱の中の人物が穿たれた幾つかの穴から視線を浴びるジオラマが描かれているが、この絵はジョナサン・クレーリーが『観察者の技法』においてジオラマをカメラ・オブスキュラ的な表象システムを流動化させる一九世紀の視覚装置として捉え、そこでは観察者も構成要素《コンポーネント》として包摂されると指摘したことを想起させる。クレーリーによればフェナキスティスコープやジオラマ等の新しい視覚装置は身体／主体／機械生産の様態は混沌化させ、フーコーによる見世物《スペクタクル》／監視《サーヴェイランス》の対立モデルを無効化させてしまうのだが、桐野夏生の「ジオラマ」はちょうど七〇年前に書かれた、窃視する主客が分身的に交感する梶井基次郎「ある崖上の感情」（初出、『文藝都市』28・5）の物語パターンをポストバブルの時代の文脈に反復しながら、（まさにポスト・パノプティコン的な）監視システムに淫していく二一世紀の危うい分裂する主体の像を強烈に読者に突きつけることに成功している。文字通り〈一線を越える〉主体がそこには立ち現れているのだ。

（名古屋大学大学院文学研究科教授）

『柔らかな頬』――その特異性の問題――

小澤次郎

『柔らかな頬』は平成十一（一九九九）年四月に講談社から書き下ろし長編として刊行された。その後、平成十六（二〇〇四）年十二月に文春文庫（文藝春秋）から上下二巻で流布し、いまにいたる。

『柔らかな頬』は単に直木賞受賞作品だからというわけでなく、桐野夏生の文学上の営為を検討する上で、前作『ＯＵＴ』（講談社、平成九（一九九七）年七月）とともに、きわめて重要な位置にある作品といってよいだろう。そこで本稿では『柔らかな頬』を検討する前に、『ＯＵＴ』との関連に言及しておきたい。桐野は「『ＯＵＴ』という名の運命」（二〇〇八、一三六～七頁）で、『ＯＵＴ』の執筆経緯にまつわる興味ぶかい話をあかす。それによると、探偵ミロを主人公にした旧稿『柔らかな頬』を書き改める過程で、担当編集者と話し合ってもうまくゆかず、結局これをボツにして、孤立無援のなかで新たに『ＯＵＴ』の執筆へと邁進したという。ところが、そんな切羽詰まった作者の思いとうら腹に、渾身の長編『ＯＵＴ』は直木賞最終候補作に残りながらも受賞を逸し、追い打ちをかけるようにして吉川英治文学新人賞にも落ちてしまった。桐野にとって幸いにも、その後『ＯＵＴ』は日本推理作家協会賞に輝き、平成十六（二〇〇四）年にアメリカ探偵作家クラブによるエドガー賞（長編部門）最終候補作となったことで、いまでは高く評価されつつある作品とみてよい。

しかしながら当時『ＯＵＴ』が直木賞を逸して、桐野が深く傷ついたということは看過できない事実である。

桐野は「直木賞受賞後の記」七月十七日（土）のところで、前年七月に他界した実母を思い出し、つぎのように書く。《『ＯＵＴ』が、直木賞、吉川英治文学新人賞に相次いで落選した時、一番がっかりしたのは体調を崩していた母。「あの小説のために残念だった」と言ってくれた。せめて、この受賞まで生きていてくれたらよかったのに》（桐野二〇〇八、五六〜七頁）と、この真情の吐露からもその傷心ぶりの一端がうかがえよう。

したがって以上の経緯をふまえると、『ＯＵＴ』が直木賞を逸し追い詰められた作家桐野夏生が捲土重来を期して書き下した作品が『柔らかな頬』だったといえる。これは前作『ＯＵＴ』の小説世界をみなおすという作業を通過することによって、はじめて『柔らかな頬』への小説世界の創造が可能になったことを意味する。

では、『柔らかな頬』の検討に移りたい。この作品の第一の特異性は、形式上推理小説のかたちをとるものの、とうていその枠内におさまりきらぬことにある。あらすじをみてみれば明白だろう。物語の発端は五歳の娘有香がいなくなったことから始まる。主人公カスミは母親として近くにいなければいけなかったのに、夫の取引先で男友達の石山と道ならぬ逢瀬にふけっていたのだった。罪悪感にかられたカスミはすべてをなげうち、娘を捜し求める旅へとさまよい始める。事件から四年後、ガンで余命幾許もない元刑事の内海の協力を得て、カスミは手がかりを求め事件の関係者をたずねていく。しかし謎はますます不条理に深まるばかりであった。結局、内海は死に、娘は見つからず、事件の犯人もわからず、真相も闇のままにおわる。もしも謎解きを推理小説の至上命題と考える立場からみれば、この小説は致命的な欠陥作品にみえたに相違あるまい。桐野の『ＯＵＴ』もそうであったように『柔らかな頬』も発表当初からこうした立場にたつ側からの根強い批判に晒されることになった。これに対し、桐野は「白蛇教異端審問」（二〇〇八、二五六〜七〇頁）で自身の小説家としての信念にもとづく反論をユーモラスに展開した。つまるところ、斎藤環（二〇〇九、三五頁）が指摘するように、ミステリー小説が「見事な謎解き」よりも「魅力的な謎を創ること」に本質を置くならば、「桐野夏生は最高のミステリー作家」といえる。要点はこの思想を受け容れるか否かにある。そもそも文学作品としておもしろければ、そのおもしろさはいろいろとあるにしても、それはそれでよいのではあるまいか——という文学におけるもっとも根源的な問いかけをこの作品はわれわれ読者にもたらす。

そしてこの作品の第二の特異性は、「かたる」行為と「かたられる」事象とが互いに影響を及ぼして浸潤し合いながら混在することにある。それをつぎのように佐々木敦（二〇〇八、三六〇頁）は評価する。《この小説を入り口に、桐野夏生は二度と後戻りすることができないような、前人未到のおそるべき「世界」へと、果敢に踏み込んでいった。その「世界」とは、無数の「怪物」が跳梁する異形の「物語」としての「世界」であり、また、「物語」る「怪物」たちの「世界」でもあり、そしてそれ自体が「怪物」的な「物語＝世界」である》——これを言い換えると、『柔らかな頬』は明確な境界線によって区切られた固定的実体の存在しない世界で成り立っていることとなるだろう。そしてこのことは『柔らかな頬』の各章の題に「水の気配」「漂流」「洪水」「水源」「遡航」「放流」等の水を連想させるイメージのことばが氾濫していることや、登場人物に「カスミ」「有香」等の不確定で曖昧なイメージを想起させる名前がつくことと無関係ではないはずだ。

ところで、前作の『ＯＵＴ』では主要な登場人物の四人の女性が、殺人事件を中心点にして、それぞれが楕円軌道を描きつつ、相互に目に見えぬ力で干渉し干渉されることで作品世界が成り立つ。互いに他人には決して理解できない孤独な疎外感を抱えながらもどうすることもできずに生きるパートタイマーの女性達である。それは《子供を持つということは、思うようにもならなければ、断ち切ることもできない人間関係を抱えることだ》（二〇〇二、上巻九五頁）や、雅子の会話《「さあ、どうしてなのかあたしにもわからない。でも、あたしはあんたが同じことしたってやるよ」》（二〇〇二、上巻一二二頁）等の表現に象徴される。しかし『柔らかな頬』が秀逸なのは、こうした輻輳した関係性の目に見えぬ力線の収斂する先に、娘の失踪事件の謎が《ブラックホール》として存在することにある。謎はすべてを否応なく牽きつけ、光さえ呑み込む。だから決して対象化できない。謎に近づけば近づくほど、いままで馴れ親しんだ日常世界に亀裂が走る。常識はもはや意味をなさない。現実は妄想となり、妄想は現実となる。「かたる」行為は「かたられる」事象となり、「かたられる」事象は「かたる」行為となる。こうした奇妙で気味の悪い世界こそ真実であることを読者は、作品を読みすすめながらみずからを振り返ることで知ることになる。『柔らかな頬』の革新的な特異性は、《謎解きがない》《従来の推理小説の枠におさまらない》《美しくない》《カタルシスがない》《救いがない》等の否定をつみかさねたないないない尽くしの果てにはじめてその存在を肯定できる領域にある。

（北海道医療大学准教授）

〈参考文献〉 桐野夏生（二〇〇二）『ＯＵＴ』（上・下）講談社文庫。桐野夏生（二〇〇四）『柔らかな頬』（上・下）文春文庫。桐野夏生（二〇〇八）『白蛇教異端審問』文春文庫。斎藤環（二〇〇九）『関係の化学としての文学』新潮社。佐々木敦（二〇〇八）『絶対安全文芸批評』ＩＮＦＡＳパブリケーションズ。

『ローズガーデン』——大國眞希

『ローズガーデン』は二〇〇〇年六月に講談社より刊行された連作短編集で、村野ミロが中心人物となって登場する、ミロシリーズの一作に数えられる。村野ミロは、「女流ハードボイルド」と評された桐野のデビュー作『顔に降りかかる雨』(93)に登場し、『天使に見捨てられた夜』(94)、『ダーク』(02)とシリーズ化され、書き続けられた。ミロは、作家自身と同一視されることが多かった架空の人物として、桐野にとっても「実は、今でも「村野ミロ」の話になると、私は平静でいられない。神経過敏になる」と、両面価値を抱かせる人物となったようだ(ミロは一人、荒野を行く」「本」27巻11号)。同エッセイのなかで桐野は、「事を成そうが成すまいが、日本のある種の男性読者は、女主人公には清らかでいてほしいのだ、ということである。ミロのやることなすこと、いや存在そのものが男性の理想を裏切り、男の嫌いなツボを刺激するらしいのだ。つまり、「村野ミロ」は、女の生な姿を曝け出す、不快な存在だということである」と書く。だが、不思議なことに、ミロシリーズのひとつである本作については(他の三作品はすべて挙げられているのに)、全く言及がない。桐野夏生特集が組まれた「文藝」(47巻1号)に発表された「桐野夏生自身による著作解題」でも、本作は(他のミロシリーズ三作は取り挙げられているのに)、取り上げられなかった。作家による扱いにおいても、内容においても、『ローズガーデン』はミロシリーズのなかで異質な作品と言えるだろう。

三人称で描かれてはいるが、ミロシリーズは基本的にミロの視点で描かれている（であればこそ、作家をミロと同一視する読者が少なからずいたのだろう）。しかし、『ローズガーデン』の巻頭を飾る同名短編「ローズガーデン」の視点人物は、ミロの夫、博夫である。ミロを日本に残してジャカルタに赴任した博夫の、アスラヘロへ社用で出かけるその行程が、高校時代に出会ったミロに関する彼の回想とともに描かれている。

博夫のまなざしと回想によって編まれているその物語は、谷崎潤一郎の小品「青い花」（大11）を髣髴とさせる妄想で溢れている。「青い花」は、ファムファタールの代表格と目されるナオミを描いた『痴人の愛』（大13）を準備したとされる作品であり、その視点人物である岡田が愛するあぐりという女性は、個別性を超えた「女」という影像と重ねられて描出される。「ローズガーデン」で、ミロは「女そのものだ」と評されているように。そして、語り現在で三十歳となっている博夫は、出会った当時のミロがそうであったように、「博夫にとっての少女は成熟して官能的でなければならないのだった。十七歳の頃のミロのように、それは一種の才能で、才能のある少女とは滅多に出会わない。わかっているが追うことをやめられなかった。それがミロの世界に閉じ込められたことなのだ」と言う。そして、「ロリコン野郎」と侮蔑されても、少女買春をも辞さない中年男性になっている。「ロリコン」――ロリータコンプレックス――のロリータもまた、ファムファタールとして著名なナボコフの小説の主人公に由来する。ミロは母親を亡くし、義父に犯されていると話し、博夫を「欲情」させ、「虜に」していく。博夫が「ミロの言うことがすべて嘘でも作り話でも、俺は構わないのだ」と言うように、すべては作り話かもしれない。そこに描きだされるミロは、実際のミロではなく、博夫の妄想にうみだされた女ではないのかと勘繰れるほど、そのまなざしは一方的であり、博夫は自分勝手で、ミロは語りの原動力となりながらも、存在自体は不在だ。いや、ミロの実在は他のミロシリーズ作品によって保証されるが、本作品内では、博夫の欲望によって形づくられたミロが語られる。加えて言うならば、同様に「女」が決定的に不在でありながら、語りの原動力となっている、漱石の『夢十夜』（明41）の「第一夜」で「女」が百合となったように、「ローズガーデン」でミロは（博夫の語るミロの影は）薔薇として表象する。それは、庭の手入れをしていたミロの母親がいなくなり、荒れ果てたミロの家の庭に咲く。その庭は「三十坪くらいの庭は雑草が茂り、木の枝が鬱蒼として小さなジャングルのようだった。あちこちに置き忘れたみたいに赤や黄色の薔薇が咲いている。立ち枯れているのもあれば、今を盛りと咲き乱れているのもあった。目を奪われたが、庭は立ち入ることを拒むかのように丈高い雑草に覆われている」。そして、博夫は言う。「村野ミロというのはこんな女だったのか、荒れた庭に咲き乱れる薔薇」。博夫は「ミロは、知れば知るほど俺を魅了する、世にも稀な女だった」と考え、「悪魔め。俺はミロの横っ面を張りたくなる気持ちを抑える。が、同時に可愛がりたくて堪らない」と思う。「虜になるということは、喜びでもあるし苦しみでもある。」

ファムファタールに魅了された男は破滅に向かうが必定である。男は破滅へとひた走らせるそのエナジーがファムファタールを生み出す。博夫も早晩死ぬだろう。女の側にではなく、ファムファタールの虜となったと語る男側の中にそのエナジーが渦巻いている。そのようなエナジーが本作品内では「重い水」として表現されている。それは「茶色の度合いを深め」る川だ。「エンジンの唸りと共に、水が船底に当たる音が直接体に響いてくる。俺の体の下には豊かなマハカム川の水がある。その中には沢山の生物が潜む。鬱陶しさと思うにならない苛立ちを感じて、博夫は横たわったまま空を仰ぎ見た。ミロの家の庭を初めて見た時と似た感覚があった」。バシュラールの言う「深い水」に通じる、「死んだ水」。その奥底にはなにが潜んでいるかわからない。何か危険なものが潜んでいるに違いないのだが、その水は余りに暗く、すべてを覗きこむことは叶わない。覗けないことが猶のこと、死そのものへの抗い難い欲望とそれに伴う恐怖と響き合う。

薔薇咲くミロの庭はジャングルにたとえられたが、旅の空にある博夫の目の前には本物のジャングルが広がる。「ジャングルには、木蛭、サソリ、蛇、蚊、上流には鰐がいると言う」。それらは博夫を殺傷できる、見方によっては不気味な生き物だ。毒性があり、致死の病に感染する可能性を生み出し、もっと直接的に体を喰いちぎられる可能性もある。彼は思う。「俺は一生、この川から抜けられなくなって、永遠にミロのことを考えて生きる」。

室井滋の質問に対し、「強い女。気が強くて、酒が強くて、セックスが強くて、運が強い女」が好きなタイプだと言い、「男の情緒的幻想」を「これだけはやめて」あるいは「ふざけんな」と思うこととしてあげ、「もっと客観的に見てくれと言いたい。あと、若い女の媚び媚び演技はみっともない、と思います」と答えている（「文藝」47巻1号）桐野が、男の側の視点でミロを描くと、谷崎が書いたような女性不在のファムファタールの物語の気配が濃厚になることに陥穽を感じる。もっとも作家論的にいうならば、「ローズガーデン」のみ『ＯＵＴ』後に書き下ろされており、別のまなざしによってミロを捉えた本作は、『ローズガーデン』所収の他の短篇とは異なる次元に一歩踏み出したとも解釈できるかもしれない。

表題作に続く「漂う魂」「独りにしないで」「愛のトンネル」に博夫の姿はない。新宿二丁目に住まうミロに事件が持ち込まれ、探偵役として事件に関わっていくミロの物語が展開される。遠く北海道に住む義父には助けを求めることもある。隣に住むトモさんとは「トモさんは男として私を愛さなくても、気に入っているという自信」がもてる友愛を育んでいる。彼もまた事件解決に手を貸してくれる。そして、ミロの調査はどれも詰めが甘い。「漂う魂」では結末でこう書かれる。「マンションの中に悪霊ならぬ悪意が満ちている、という事実。カイの仕業も報告書に書くべきだったのだ。そして、私信を読む管理人の悪癖も書くべきだったのだ。幽霊騒ぎも頭から否定し過ぎた。私は甘い仕事をしたと悔やんだ」。また「独りにしないで」でミロはこう言う。「もう中沢さんのことは済みましたから。私もあなたのことは気付かなくて、甘い調査をしてしまいました。でも、ご主人はほっとされたようです。あちらは安泰だと思いますよ」と。日常が破壊されつくし、転覆されてしまうことはない。そこでは愛すべきささやかな日常が保たれている。このような幸福の安定感は、短編小説という形式にも関連するだろう。他のミロシリーズは長編であるが、本作のみが短編連作だ。桐野は長編と短編の違いについて、「地面に置いてある石を一枚めくって、その下の世界を見てみる、ということですね。私たちは日向の世界しか知らないから、一枚めくったらその下に何があるのか、見てみよう。そのときにできるだけ異様なものを見たい、というのが、私の思っている短編小説の世界ですね。地面の下、地底の世界はどうなっているのだろう、さらに地底の裏側に何があるのだろう、と考えが深くなっていくのは、長編の仕事だと考えています」と言っている（「石の下の異世界」「波」35巻10号）。その証左として、「愛のトンネル」はこのように結ばれる。「私は、地面の底の暗い響きを今度こそはっきりと聞き取ろうと耳を澄ました」。金木犀の香りが漂う、穏やかで気持ちのよい新宿御苑をトモさんと一緒に歩く。その幸福にあって、御苑、つまりは庭園に身を置いたまま、ミロは「地面の底の暗い響き」を聞こうとするのだ。その身は、日常は、脅かされない。「安泰」だ。

ローズガーデン。どんなに荒れていようとも、そこは荒れ地ではない。ひとの手によってつくられ、そして、手をかけられた庭だ。そこに咲く薔薇も、どんなに野性的に見えようとも野性ではない。『ダーク』では、義父はミロによって殺められ、ヒロさんは金でミロを裏切る。ミロは思う。「新宿での暮らしなど、所詮、安全な池の中に住んでいたようなものだった。どこかで相通ずるものを共有し、赦し合っている者たちとの気楽な暮らしだった」と。だが、このような安心感こそが、少しだけ非日常の「地面の底の暗い響き」に触れた登場人物たちに、読者に、安らぎを与えるだろう。

佐々木敦は桐野夏生へのインタヴュー（「自分をさらすことへの怖れを超えて」「文藝」47巻1号）の中で、「初期の桐野さんの小説はいわゆるハードボイルド小説にカテゴライズされることが多かったと思いますが、ハードボイルドって語義的には「固ゆで」っていうことの筈なんだけど、実はセンチメンタルでもあるっていうことがあると思うんです。全然固ゆでじゃなくて、何か男の哀愁みたいな。」「初期の作品にはまだそういう要素もあったと思うんですけれども、例えばミロがどんどん変わっていく過程の中でセンチメントが振り捨てられて、本物の固ゆでの世界に突入したんですよね」と指摘する。『ローズガーデン』は、ハードボイルドが正真正銘の固ゆでになる前の、甘いセンチメントをもつが故にささやかな幸福を感じさせる、小さな薔薇たちが咲き乱れる苑である。

（福岡女学院大学教授）

『光　源』――関係性としての怒り――

永栄啓伸

直木賞受賞後の第一作として発表された。簡潔に言えば、一本の映画を撮るために集まった、プロジューサーや監督、カメラマン、俳優たちが、その製作過程において、次第に各自の思惑や矜持や嫉妬や悪意や身勝手さを露呈し、表面的にも隠された部分でも激しくぶつかった揚げ句、その企画は破綻し、改めてほかのプロジューサーによって製作される、という物語である。だが、登場人物たちが抱え込んでいる〈我執〉や過去が執拗に絡みついてくる。そして不思議にも、彼らは一様に〈怒り〉を抱いている。

三年振りに映画をプロジュースする玉置優子は、資金を工面するため、私財を投げ打ち、夫名義のマンションを抵当に入れた。小さいプロダクションだけに失敗は許されない。彼女は九年前、カメラマンの有村秀樹を捨てて、有名監督だった笹本和人を妻から奪って結婚した。だが笹本は脳梗塞で倒れ、いまや半身付随で寝込んで介護をうけている。なにより、自分にできない映画作りに携わる優子を憎み、復讐心をもっている。そして元妻のところへ帰りたがっている。優子には、これは現在の拘束された関係からの解放とも言えるが、実際別れてしまうと、自己の支柱を失うほどの淋しさであった。

かつての恋人有村は、日本で最高の技量をもつカメラマンになっている。成功するためには彼が必要であり、まとめ役を依頼して一夜を共にする。打算であった。しかし有村は、別れた後、自分がどれほど映画撮影に磨きをかけたかを優子に見せたい。〈物語は目に見えない。愛情や悲しみをどうやって表すというのか。つまり可視のものはよりリアルに、不可視のものを何とか映像にする。そのために光を操る〉という芸術観をもって、現在の自分の光源がいかに〈強靭〉になったかを誇示したいのだ。しかし女優井上佐和と関係をもったり、自分の腕に見合った映像を撮ろうとするあまり、自負による身勝手と見られてしまう。

また、主演の高見貴史は、かつて笹本が活躍していた監督時代では端役にすぎなかったのを、優子のプロジュースで恋愛ものに抜擢して人気を博すようになった。その恩義を利用して主演を承諾させたのだが、彼はいまやカンヌ映画祭級の映画に出演する実力者で、それなりのプライドがある。それも幼児性を脱していない自我の持ち主に見える。つまり共演する元アイドルの井上佐和の引き立て役などに甘んじることなどできないのだ。

スタッフの間に生じる軋轢のために、優子の思い通りに進捗しない。まして監督・脚本は薮内三蔵という新人である。脚本は、最後に北海道を旅し、二十四枚の写真を撮り終えて自殺した伯父のこころの遍歴を描いたものだ。正当に評価してほしいという願望もあるが、才能を正直に写し出す映画を怖いと思っている。シナリオを優子に送り、認められたことを喜んでいるが、高見や佐和に腹を立てている。高見から、納得できないシーンの撮り直しを拒否されても人気俳優との格差から黙らざるをえない。さらに高見の苛立ちの原因が、ヘアヌード写真集を出して話題をさらった佐和に対する憤怒であると知って理不尽さを覚える。

このように、最初からすべての関係に微妙なゆがみがあり、進行するにつれて〈怒り〉は増幅される。それは作品内で多用される次のような用語に明らかだろう。悪意、反感、憤怒、憤慨、恨み、裏切り、不満、怒り、腹立たしさ、不快感、復讐心、嫉妬、苛立ち、不機嫌、憎悪、侮蔑――いわば人間関係における禍禍しさ、これが作品の基調である。いわば彼らは怒りによって結びつけられる。もちろん、敗北感や罪悪感、悔しさなどという内省的に見つめる視線もある。これは作品が関係性の緊張と弛緩をもつからで、言い換えれば、現実と虚構、光と影であり、具体的には獲得と喪失、あるいは関係への固執と解放とも言える側面をもっている。

たとえば、女優井上佐和。彼女を〈明るいんだか悲しいんだか、掴みどころがない〉と評したのは優子だが、最近出版したヘアヌード写真集を見た有村は〈怖ろしいほど静かな怒り〉を感じ取る。写真に写るのは挑戦的な怒りであった。映画出演の時期を見定めた、計算ずくの行為は、三十五歳で〈もう忘れ去られようとしている元アイドル〉が〈売れっ子の俳優高見貴史の相手役に抜擢されて、返り咲きのチャンスがめぐってきた〉と考えたのであった。ところが、銀色のスキーウエアを着て現れた現実の彼女には〈怒りの眼差し〉は感じられず、有村は失望して腹立たしくなる。しかし撮影が始まって、役に扮した佐和は〈すでに生身の佐和ではなく、映画の世界の住人となっている。写真集の中の、裸の佐和が身内で立ち上がって有村を誘う〉。演技なのか本質なのかわからない。有村は今更ながら、虚構のおもしろさを感じる。その佐和が新人監督の脚本に細かい注文をつける。ラブホテルのシーンに実際の性交シーンを入れようと言ったりする。〈佐和という異物に侵入され〉いっそう〈乱れ〉が生じる。監督を取り込み、有村を誘って関係をもったりもする。〈快楽とは無縁の行為。自分たちの間には何の感情も共有できないことを確かめるためにこうしているのかもしれない〉と有村は思う。共感のない、怒りだけの関係を考える。

高見もまた写真集を見て、佐和を嫌う。〈お前のえげつない売り込み方が嫌いだ。お前の辺り構わぬ仕事熱心さが嫌いだ。お前の、自分しか見えていない勝手さが嫌いだ、すべて嫌いだ〉と羅列しながら、それは自分と同じ姿であることに気付いて愕然とする。井上佐和はまさしく女優であり、演じる彼女は実体とはちがっている。それは高見が〈スターという皮を一枚被ってしまうと、面倒から逃げられることも知った〉のと同様に、〈ほんとうの自分は隠しておける〉からである。

この作品は、実体と現実の姿のちがいを描いている。表層の仮面をはがしてみれば、怒りに充ちた人間関係が露呈されるだろう。それが現実だと言うのは陳腐に過ぎよう。いったいその怒りはどこから生じてくるのだろうか。人は奇妙な規範に縛られていて、自分の願望が達成されないと、こんなはずではないと不満を抱く。同様に他人の勝手な思惑やプライドに充ちた態度に接すると、やり場のない怒りに包まれる。しかし考えてみれば、関係性など所詮、他人事なのである。みんな自分本位の行動をとっている。だから、その混迷の世界から一歩踏み出せば、関係から解放されるように見える。はたしてそうだろうか。優子が長年携わった夫の介護を元妻に委ねなければならないように、こだわりを捨てることが真の救いになるだろうか。

また、スターという仮面を脱ぎ、家庭を捨ててまで、アメリカにいる異母妹への恋、つまり〈インセスト・ラブの背徳〉へと走る、高見の急展開の脱出劇も意表をつかれるが、はたして彼は、仮面を取って〈本当の自分〉になれるだろうか。アメリカで過ごす妹エリとの生活も、やはり〈現実感のない夢の中みたいなもの〉に過ぎないのではないか。

ここには、自分とは何か、また過去にしてきたことは今どんな意味をもつのか、さらに今後どこに向かって進むのか、という難解な問いかけを含んでいる。予測しにくい展開があり、閉塞感の漂う怒りや裏切りや憤怒に充ちているが、読者はふと考えるのではないだろうか。この怒りや問いかけを受け止めるのはだれなのだろう。したたかな作者は、この充満する怒りと、その彼方に仄見える悲しみ、怖さ、淋しさのような〈目に見えない〉物語を感じ取る、厄介な役どころを、読者に求めているのかもしれない、と。

（近代文学研究者）

光と匂いの戯れ　月と花の饗宴——桐野夏生の『玉蘭』を読む——

李 哲 権

一九二八年四月、横光利一はあまたの「支那趣味」をもった作家たち、たとえば芥川龍之介、谷崎潤一郎、金子光晴と同じように実際に上海を訪れる。そしてその体験、印象をもとにその年の十一月から「ある長編」というタイトルで連載を始める。『上海』（一九三二年七月）の前身の誕生である。一九九九年、「小説トリッパー」の春季号に桐野夏生の作品『玉蘭』が連載の形で載る。それから二年後の二〇〇一年、単行本として朝日新聞社から出版される。横光が『上海』を発表してから七十年近い歳月が流れたあとのことである。横光の小説は新感覚派文学として昭和の文壇を賑わせた。彼は口癖のように、「日本人が日本にいるときと、外国にいるときとは、すべての点において変って来ている」といって、「上海」に行き、「パリ」に行った。そして『上海』を書き、『旅愁』を書いた。横光にとって、外国とは明らかに、そこに身を置くだけでも「すべての点において」「すべてが変ってしまう」異様な空間である。また、外国の風景とは「日本人が日本にいるとき」は、決して見ることも接することもできないものである。だから、彼はまたこうも言った。「外国のことを書くには風景を書く方が近道と思う」と。

こうした横光の作家としての認識をドゥルーズ的な言説に置き換えるとどうなるだろうか。ドゥルーズから見れば芸術の力とは「世界を表象したり、主体を位置づけたりすることではなく、いまだ与えられていない情動を想像し、創造し、変化させること」である。そして文学とは、そのような新しい情動や知覚によって、新しい記述言語と意味を創造する過程である。

横光にとって、情動がもっとも発生しやすい空間は、自分の生まれ育った、馴染みのある、住み慣れた空間ではない。そこは親しみもなければ馴染みもない、サルトル的な「嘔吐」を催させる、どこか居心地の悪い空間である。横光のテクスト空間を形成する「上海」や「パリ」は、まさにそのような情動がいまにも芽を吹くのをひたすら待ち続ける空間であり、都市であり、そして外国である。「上海」を舞台にした桐野の『玉蘭』も、横光の『上海』を意識の地平に据えた、ミメーシスの論理から生まれたテクストである。

新感覚派といわれる横光は、「無機物の観察」、「ものの構造のメカニックな解析」、「純粋小説の本質たる人間の心理の究明」を目指した作家である。彼は、「ものの堆積」が、ある種の情動や知覚の創造と結びつくものであることに気づき、そしてそれを認識の次元で理解した最初の人である。そのような先輩から、桐野が何を学び、何を盗んだのかはわからない。しかし、『玉蘭』における彼女の文体が、上野質が生きた日本人街のある「上海」の街路の描写にさしかかると、いままで詩的で抒情的だったものが、急にサルトル的な「嘔吐」を催す「写実的な、あまりにも写実的」なリアリズムの文体に豹変する変り振りは異様である。それを目の当たりにする瞬間、われわれは驚かざるをえない。それは横光の『上海』の文体の模倣による反復であり、再来である。

乞食らは小石を敷きつめた道の上に蹲っていた。彼らの頭の上の店頭には、魚の気胞や、血の滴った鯉の胴切りが下っている。そのまた横の果物屋には、マンゴやバナナが盛り上ったまま、鋪道の上まで溢れていた。果物屋の横には豚屋がある。皮を剥かれた無数の豚は、爪を垂れ下げたまま、肉色の洞穴を造ってうす暗く窪んでいる。そのぎっしり詰った豚の壁の奥底からは、一点の白い時計の台盤だけが、眼のように光っていた。（『上海』）

清平市場はまだ喧騒が残っていた。踏み固められた地面は水や動物の血で濡れ、人々はその上を臓物や魚の浮き袋を蹴飛ばして歩く。暑さで蒸された臭気が市場全体に籠り、慣れるまで質はかなりの時間を要した。提灯の光の下、汚れた水槽の中で黒い生物がぬらりと底で蠢いている。……六十センチはある大亀を生きたまま無造作に積み上げてあるのを、物乞いの子供が男から追い払われながらも珍しそうに見つめるのをやめない。まだ生きている鶏の羽を毟る女。食用の子猫や子犬を売る男。アルマジロやクジャクなどの珍しい動物の入った籠。皮を剥がれた蛙やネズミが赤身を見せて仲良く並ぶ。半裸の子供が金魚の店に群がり、手を突っ込んでは店主に追われて逃げることを飽きもせず繰り返していた。ありとあらゆる食べ物があった。マンゴやバナナ、ドリアン、南国産の果物が狭い通りに濃密な香りを放つ。（『玉蘭』）

この二つの引用にある血縁的といっても過言でない、類似性と親縁性はあまりにも明白である。ゆえに、私たちがノースロップ・フライに倣って「もっとも立派な作家は、もっとも立派に剽窃を働く者だ」（『批評の解剖』）と言いたくなっても決して不自然ではない。また間違ってもいない。

桐野の『玉蘭』は、模倣をフライの剽窃のレベルで大胆に働いた横光の『上海』へのオマージュである。

留学生として「上海」に来た有子、彼女はそこが「支那の地」であり、かつて水中の月をつかもうとして湖に落ちて死んだ「李白の地」であることを思い出したかのように、毎晩ある儀式を行なう。自分の寝室の床の上に射しこんでいる月の光を眺め、それを溜める「入眠儀式」である。李白が「頭を挙げて名月を望めた」のは、故郷のことを思っていたからである。しかし、有子が月を眺めるのは、ホームシックにかかっているからではない。「上海」に来て以来、彼女はずっと「不眠症」に悩まされている。月の光は、有子に心の安らぎを運んできてくれる使者である。と同時に、幽霊を連れてきてくれる使者でもある。

有子は寝台に戻って、月光に照らし出された床を見た。そこかしこに溢れる月の光。実体はないが存在している不思議なもの。掌で受ければ、掌は色を変える。光が当たったものはいつもと違った容貌を見せる。

……月光と共にやって来る質とはいつも会いたい。会って話し、慰められたい。（第一章）

『玉蘭』のテクスト空間に射しこむ月光は、二つの愛の物語をつなぐ細い糸である。有子の伯父にあたる広野質（N汽船の機関長）と宮崎浪子（日本共産党員の妻、のちに娼婦にまで身を落とす）、広野有子（出版社の編集者、のちに伯父質の日記「トラブル」を携えて「上海」に留学生の身分で訪れる）と松村行生（東京の結核専門病院に勤めている医者）との愛である。前者は、記憶の中の過去形の愛であり、後者は「イマ・ココ」を生きる存在の現在進行形の愛である。『玉蘭』にはこのような二つの愛をつなぐものにもう一つの媒体がある。タイトルの「玉蘭」がすなわちそれである。「上海」の夏の南京路の街角で小柄の老女が売っている花、「木蓮にも似た白い厚めの花弁。すっきりと細長く、優雅な釣り金のような形をした可憐な花。花弁は固く閉じられているが、クチナシにそっくりな甘く強い芳香を放つ」花。だから、有子がそれを「白いブラウスの第一ボタンに留め」ると、「襟元から一日中甘い匂い」がして、その日は、花の匂いに少し酔ったのか、「いつもより学友たちとよく喋った」ような気にさせてくれる不思議な花。それはエロスの花でもあれば、死の匂いを漂わせるタナトスの花でもある。質が妻の浪子が死んだ時、その胸元においてやったのもこの玉蘭の花である。そして、行生が分かれた有子との再会を夢見て「上海」に訪れた時に夢で見る花もこの玉蘭である。それは幻想と現実、夢と現実、死と生の境界に刻み込まれた細い線を「饐えた甘い匂い」のエーテルでぼかし、そして消してくれる消しゴムのようなものなのだ。そのような玉蘭を、『玉蘭』は冒頭と結尾に配することで、テクスト空間を匂いの蓋で密封し、匂いの煙で燻製にする。

有子は寝台から抜け出し、冷たい床を裸足で歩いた。萎れた玉蘭を摘み上げる。肉厚の花弁は茶色く変色し、饐えた甘い匂いに変わっていた。中から小さな黒い蟻が這い出して来て机の上に落ちる。有子は穢れたものを見た気がして立ち竦んだ。ティッシュに包んでごみ箱に捨てたが、それでも、いやな気分は治まらなかった。置き忘れて気が付いたら死んでいた、そんな遣り切れなさが伴う重い心持ちだった。ふと自分もこうして死ぬのかもしれないと連想した。最初から月の光を溜めなくてはならない。有子は、寝台に戻って横になった。しかし、玉蘭の死骸と一緒にあの安らかな心は消えてしまったのだった。（冒頭・第一章）

かすかにいい匂いが部屋に漂っていた。有子が部屋に入って来た時に一緒に引き連れてきた芳香。花の匂い。松村はその在り処を探して、部屋中を這い回った。昨夜、有子が座っていた椅子の下に一輪の小さな白い花が落ちていた。有子が黒いノースリーブのニットの胸に付けていた花だった。寿命が短いのか、分厚い花弁が茶色く変色し、匂いが失せていた。だが、やはり有子はこの部屋にいたのだ。松村はほっとして花を手に取って匂いを嗅いだ。瞬間、昨夜の夢が蘇った。自分が質という男になって、妻が死ぬ夢。あの時、浪子という妻の胸元に自分が置いてやった花がこれだった。（結尾・第六章）

『玉蘭』のテクスト空間をライプニッツの充満の論理で一杯に満たしているのは、このような月の光であり、玉蘭の匂いである。『玉蘭』に書き込まれたあまたの人物も風景も物も、月の光を浴びてほのかに輝き、玉蘭の匂いに燻らせられてほのかに色づく。『玉蘭』を詩的な作品に仕上げているのは、このような光と匂いの戯れが織りなすビロードのような柔らかい肌触りであり、ふんわりとした雰囲気である。

真夏の昼だった。窓から入る風や部屋の熱気からそうとわかった。有子は簡素なベッドに横たわったまま、机に置いてある玉蘭を眺めている。いい匂いのする木蓮科の植物。手に取って眺めてみたいのに届かない。金縛りに合ったように、両手が動かないからだった。声も出ない。息が苦しくて体を動かすことすらできなかった。すると、聞き覚えのある男の声がした。

「取ってあげるよ」

有子の手に冷たい玉蘭が握らされた。厚い花弁からふくよかな香りが漂う。匂いにむせて更に息苦しくなっても、花がそこにあることが嬉しくて有子は笑おうとした。だが、力が入らないため、花は手から滑って床に落ちた。有子は悲しくて涙を流す。涙だけは幾らでも流れるのだった。（第五章）

そして『玉蘭』には、このような肌触りと雰囲気に大事に包まれて、宝石のような光を放つものがある。それは詩的な抒情性と競い合うようにして自己を主張する哲学的なアポリズムである。それは月の光と共に訪れる幽霊の上野質の口をついて出てくる言葉である。それが日記『トラブル』に書かれた言葉なのかそれとも発せられた声なのかもはや確認する術もない。すべては光と匂いに包まれて姿を消している。

「僕にとってはどこだって、初めて来た場所は世界の果てであることは間違いなかった。新しい場所に来たら、新しい世界が始まるなんて幻想だ。新しい場所に足を踏み入れるってことは、よく知っている世界の、実は最果ての地に今いるっていうことなんだ。」（第一章）

これは『玉蘭』のテクスト空間に鳴り響く木霊である。月の光と玉蘭の匂いが立ちこめる『玉蘭』の空間に生きる如何なる人間存在も、ニーチェのデーモンのささやきに似たこの木霊の呪詛から逃れることはできない。

（聖徳大学　准教授）

切り捨てて生きる美しさ――『ファイアボール・ブルース 2』――藤方玲衣

〈「そんなこと、リングの上じゃ関係ねえよ！」〉（「グッドバイ」）

火渡抄子が言い放ったこの言葉が、彼女の生き方を表現している。〈やがて会場が真っ暗になり、…（略）…一条のスポットライトが当たり、黒地にオレンジのファイアボールのガウンを着た火渡さんが闇の中に浮かび上がった。何度見ても、心が痺れるくらい美しく、震えが来るほど怖かった。〉（「グッドバイ」）闇の中で一人光を浴びた火渡は、付き人である近田ひさ子にとって〈心が痺れるくらい美し〉いという。近田が感じた、火渡抄子という女性に現れた美しさを、この短編集『ファイアボール・ブルース 2』から論じてみたい。

火渡抄子は、たった一人で〈リング〉の上に立ち、相手と向かい合う。その瞬間のために生きているかのようである。彼女は、闘いのその一瞬に全ての力、意識を集中させる。そして、それができずに、〈万年付き人〉としてあがき続けるのが、近田ひさ子である。冒頭に引いた火渡の言葉は、この近田に投げられたものである。近田は、同期の与謝野に対する自分の遺恨や嫉妬を、一対一の闘いの場であるべき〈リング〉の上にも持ち込もうとしたのだ。〈「じゃ、こないだのブレス事件のことはどうでもいいんですか」〉近田は与謝野に、自分の活躍と人気に対する仲間の嫉妬をそらすために利用されていた（この〈ブレス事件〉は、直前の「嫉妬」において語られる）。このように、〈リング〉にとっては、〈闇〉ともいうべき人間的な感情を切り捨てることのできない彼女は、〈闇の中に浮かびあが〉ることはできないのである。この他にも、近田は、自分の家族との関係に揺れ、「結婚」という言葉が現実味を帯びたものとして迫ってくることを感じたりもする。「普通の」人間が生きてゆくとき、当たり前に感じてしまうであろう悩みに翻弄され、考えに沈み、あちらこちらに気を散らし、力を消耗してゆくのだ。前作『ファイアボール・ブルース』の文庫版へのあとがきにおいて桐野は、近田の存在意義として、〈弱者の立場〉を語っている。人間的な悩み、迷いに揺れることによって、心と力を（余計に）消耗させてしまうことが、あらゆることを切り捨てて闘いに臨む火渡に対する近田の弱さであるのだろう。近田は、「普通の」人間である。レスラーという職業の将来に対する不安や、恐れを振りきって、闘いに集中してゆく強さなど持つことができない。火渡が持つのは、強者が弱者に対して持つことが許されている美しさだ。

〈美の特徴は、何よりもまづ無関心なることにある。没利害的、没顧慮的、没自我的なることにある…（略）…そこには何ら目的の想念もなく利害の打算もなく、あらゆる小ざかしき作為は忘却せられて〉（藤井武『藤井武全集　第三巻』岩波書店、昭46）いると、藤井武は、美について語っているが、この「無関心」ということも、火渡抄子の美しさにおいて、重要な部分を表しているのではないだろうか。

流れる時間のなかでのさまざまな出来事によって人物が変化してゆく様を描写する、それが物語であるだろう。訳ありの新人が二人入門して来たり、ミッキーという女性レフェリーは自らの身の振り方に悩んで仕事に身が入らなくなったり、与謝野にストーカーからの脅迫文が来たり、近田は、理解者であったジイさんの死を経験したり、同期の北本は先輩のリングネームを受け継いで活躍したり……日々生起する出来事、人間の変化を経験し、近田はその都度、影響されてゆく。人間に対して失望しては思い悩み、練習をさぼって、〈新宿のゲーセン〉

に気晴らしに行く。自分自身がどうあるべきか、どうあろうとするのか、よりも、それを取り巻く環境や、他の人間の生き方に目が行き、翻弄される。〈火渡さんはどうしようもなく自分のすべてだった〉（「グッドバイ」）と感じ、とうとう火渡の付き人という位置を失いそうになると、〈すべて〉を失うと感じて、激しく動揺するのである。自らがレスラーとして活躍したいと、自分のあるべき姿を望むより強く、近田は、「ひとり立ち」を恐れているのだ。彼女は、自らの根拠を自分のうちに持つことができず、それは常に、自らが観察する他人の中に存在する。徹底して、他人への関心のうちに、彼女は生きる。

対して、火渡は〈「お前が何に期待してて何に失望したかなんて、あたしは興味ないよ。あたしが興味あるのはお前がどんなレスラーになるかだけだ」〉（「判定」）と言い切る。火渡は、自分が信じ、決定した「だけ」を持ち、〈リング〉以外の場所で繰り広げられる他の人間模様に関心を持つことなく、影響されることなく、ひとり超然と生きている。他の人間の感情や振る舞いによって、自らの在りようを変えることはない。その根拠を他の人間に移すことをしないのである。それを近田は〈誰にも依存しないで一人で生きている〉と感じている。〈「何だ、くっだらねえ！　どうだっていいじゃねえか」〉（「嫉妬」）〈「あたしは社長やミッキーがどんな人間かなんて興味ない。ただ、どんな仕事すんのか、どんなレフェリングすんのか。それだけしか興味ないんだ。いいか、わかったか」〉（「判定」）〈「馬鹿馬鹿しい」と火渡さんは言い捨てた。…（略）…「どうでもいいんだよ。そんなこと。」〉（「判定」）決して多くはない火渡のせりふは、「関係ない」「興味ない」「どうでもいい」といった言葉に彩られている。物語に対して無関心な火渡は、このような言葉を吐き、物語から孤立している。近田が、与謝野が、ミッキーが、何を感じ、どう変化していこうとも、彼女は、ひたすらランニングをし、道場に行って練習し、闘い、勝つのだ。先にひいた、藤井武の美に関する文章は、「自然研究」の中のものだが、火渡の在りようは、人間一般を超越したものを感じさせる。〈リング〉の外での、嫉妬、打算、野心、依存が渦巻く人間の物語がしっかりと（近田を通して）描かれている分、超然として変わることのない火渡の異質さも際立っているだろう。人間の物語に対する無関心が故の不変は、自分の中に芯を持つことができずに変わり続ける近田にとって、自然に対するような、畏怖を感じさせるのであろう。また近田は、火渡が闘い続けるさまを、〈業〉のようだ、と感じている。女という性を持ちながら、何も生み出さず暴力の世界に生きる火渡は、『女神記』においてのイザナミに通じる。対の男神への恨みを纏った真の破壊者としての女神の姿を示し、人と神の隔たりをナミマに痛感させた神の在りようである。ナミマは、〈女神を称えよ〉と叫ぶが、自分とあまりに隔たった女神のような火渡への近田の思いは、崇拝にも近い。

火渡抄子という女性の美しさは、比較されて語られるものだ。自らが全てを賭ける〈リング〉の上に、精神と力を集中させ、他の人間の物語に対して無関心であり孤立している彼女の美しさは、それを語る人間、またそれを浮き彫りにするための生きた人間の物語を必要とするだろう。語り手の役割を果たすのは近田ひさ子であり、彼女が見つめる人間たちが物語をつくる。自らの理想にのみ目を注ぎ力を注ぐ火渡自身は、決して他の人間たちが織り成す物語の語り手にはなることはない。ただ一人屹立する火渡の強さ、美しさは、〈リング〉の上での〈弱者〉――強さが美しさとすれば、醜さを持つ人間――近田ひさ子によって語られる。火渡抄子が、「興味ない」、「関係ない」と切り捨てた人間の面、スポットライトから外れたところの〈闇〉に埋もれた、醜い側面の集成が、この短編集であるのだろう。日々消耗してゆき、闘いに耐え得ない、醜い〈弱者〉こそがまた、美しい人間の物語を語り得るのかもしれない。

（西南学院大学神学部）

『ダーク』——中村三春

「四十歳になったら死のうと思っている」探偵・村野ミロは、六年前、幼馴染みの宇野正子を殺した成瀬時男を懲役十年の刑務所に送った。成瀬を憎みつつも愛していたミロは彼の出所を心待ちにしていたが、正子の母登美子から、彼が四年前に獄中で自殺し、登美子に賠償金を支払ったこと、またミロの父善三（通称・村善）がそれを知っていたことを告げられ愕然とする。ミロの夫であった博夫もかつて自殺していた。ミロは母と後藤の間の子だったが、出生の直後に後藤は死に、母を愛した村善を父として育てられたことをミロは母の死の際に知る。それをミロに教えたのは村善の仲間で、国東会のヤクザで台湾系の鄭だった。成瀬の一件で激昂したミロは、小樽に住んでいる善三を殺しに行く。

『ダーク』（02・10、講談社）は、探偵の村野ミロを主人公とする一連のシリーズの中の一冊だが、独立した性格が強く、単独で評価するのがよいだろう。他の作品にも共通するキャラクターをもつミロとともに、善三が誰にも知らせず小樽で一緒に暮らしていた盲目のマッサージ師久恵が、ミロの好敵手として登場する。以後、ミロと久恵は、怖れることを知らず極悪な男たちと対決する強靱な意志の強さと、いわゆる男に対する女の弱さを強さに転じたある種の身体能力において、いわば相似形の敵同士としてこの小説を織り上げて行く。久恵はもう一人のミロなのであり、この二人の女は伝統的に培われた女らしさ、女の弱さなどという固定観念を、完膚なきまでに壊滅させることで異彩を放っている。従って、主演のクレジットを与えられるのはミロかも知れないが、久恵は全く侮れないもう一人の主役として、この小説で躍動を極めるのである。

小樽を訪ねたミロは、心臓発作を起こした村善が飲もうとした薬を払い落として死に追いやる。部屋に戻った久恵はミロを取り逃がし、善三が残した三百万をミロが奪ったことに気づき、鄭に助けを求める。かつてミロと組んでいた友部はミロに貸した三十万を回収しようとミロに電話するが、出たのは久恵だった。久恵は友部にミロの情報を求め、次いで鄭も友部に同じことを依頼し、友部は四百万で引き受ける。福岡に来たミロは、偽ブランド品を売りに声をかけてきた韓国人の徐鎮浩《ソ・ジンホ》に、韓国に密出国するため偽造パスポートと外国人登録証を注文する。鄭は福岡に友部を行かせ、自分はかつて殺させた女が生んだ自分の子の調査書類を村善の家で探すべく小樽に向かう。この後、物語は徐が現在の徐となった来歴を語る光州事件のシークエンスへと移り、この小説には、日本と韓国にまたがる空間的な広がりだけでなく、歴史的な背景も濃厚に付与されることになる。

徐は兄の明浩《ミョンキ》らとともに釜山から光州の暴動に身を投じようとした過去があった。鎮浩は兄がアメリカ軍人から闇で仕入れたライフルを兄から奪い、光州への山越えの道中で戒厳軍による死体処理の穴に行き当たり、その死臭に辟易する。兄と別れて一人残った徐は、ジープで死体を捨てに来た兵士のうち一人残った文という兵士にライフルを突きつけ街へのルートを聞き出そうとするが、文は徐に死体の始末を手伝わせ、死体に混じっていた仲間の顔を徐はハンマーで叩き潰す。徐は光州に到着するが、すぐにライフルを奪われ、ある女の家に転がり込む。ここで回想は一時中断して、物語は現代へと戻る。ミロは金髪に染め偽ブランド品に身を包んで、在日三世の朴美愛《パク・ミエ》として韓国に渡航した。徐はミロが追われていることを知ると、客引きの仕事をして自分の女になれと勧め、ミロは承諾する。徐はミロにクスリを飲ませ注射を打って、二人は一晩中絶頂のうちに性交する。ミロは客引きの仕事を始め、その報酬を要求する。こうしてミロさらには久恵の大胆すぎる行動力が鮮明になっていく。すなわち、久恵の方は友部とともに韓国へ渡る。鄭からの連絡で現れた国東会の永田は態度が悪く、久恵が文句を言うと男たちが久恵の部屋に来て久恵は犯される。友部は日本にいるホモ仲間の作家秀雪に電話をかけるがそっけなくされて落ち込み、隣のホテルで偶然ミロを見かけ、貸した金を現金で払わせる。男たちに犯されたばかりの久恵はゲイの友部を巧みに舐めたり乗ったりして射精させ、すっかり支配してしまう。久恵は男たちの一人から三十万で買った拳銃を見せ、これで狙いをつけてミロを殺させてほしいと頼み、友部はすぐ出国すればよいと考えて承諾する。名刺を頼りに徐の太陽商会を訪ねた友部はミロを呼び出し、発射した銃弾はミロではなく徐に命中した。友部は逃げ出して釜山空港へ急ぐが、内ポケットには用意したはずのパスポートも財布もなく、それは久恵の仕業らしい。ここに来て、ミロと久恵は強烈な復讐への意志、犯されてもひるまず逆に犯した相手を手玉に取るしたたかな強靱さにおいて、相似形をなす女たちとしての姿が明確になる。ミロと徐、久恵と友部が組み、鄭を間にはさんで抗争を仕掛け合う構図が繰り返される。

徐は銃撃による負傷のため下半身不随となって男性機能を失い、車椅子生活を余儀なくされ、兄の明浩もまた光州事件の際に戦車に轢かれて両脚を失い、車椅子に乗っている。久恵と友部がソウルにいることを知ったミロは、徐とともにソウルでアパート暮らしを始める。情報を得るため山岸という男に接近するが、山岸は久恵らと通じていて、料理屋でミロを睡眠薬で眠らせて犯す。ミロは目覚めた後山岸の上に反吐を吐き、クッションで窒息させて殺し、山岸の携帯から友部に電話をかける。ミロは友部を久恵から解放して帰国させる代わりに、久恵に睡眠薬を飲ませて料理屋に運び、山岸の死体とともに放置して陥れようとする。だが友部は逮捕され、山岸の兄がヤクザであったことからミロは再び追われる身となる。ミロは徐と日本に向けて出国しようとするが、金策をしている間に、山岸の子を孕んだことに気づく。友部は山岸の兄の手回しにより釈放され、ミロと徐のことを山岸に吐く。車椅子に拳銃とクスリを隠して入国し、大阪に逗留するミロと徐は、銃を若い女青島に売ろうとする。徐と昔、商売をしていた木村が訪ねてくるが、その手引きで山岸兄の手下が現れ、徐はミロを逃がして二人を射殺する。そこへミロが戻り一緒に逃げようと言うが、車椅子の徐は銃を渡し、ミロを一人で行かせる。山岸の子を掻爬するために金が必要なミロは、拳銃を売るため東京へ移動し、青島に銃を撃った後、出血して気を失う。切迫流産しそうだったミロを救ったのは、犯罪グループの老婆たち、キャシーと片桐だった。ミロは子供を産んで春男と名付ける。鄭との電話で、山岸の子を山岸の兄に渡す代わりに、村善からの四千万の遺産相続と成瀬からの手紙を受け取ることで合意する。

ミロは大阪で鄭と合流し、徐が服役している堺市の大阪刑務所に向かう。ミロは鄭が用意した書類にサインするが、刑務所の前に久恵が到着したのに気づいたため、徐には面会せず、久恵を振り切り、鄭の手から赤ん坊を取り返してタクシーで大阪駅へと向かう。開いて読んだ成瀬の手紙には、希望のない無意味なことが書かれていて、ミロは手紙を細かく裂く。ミロは伊丹空港へ行き先を変え、那覇へ飛んで、そこで当面、「きゃし」「みろ」という言葉を覚えたハルオとともに生きて、徐を待つことにする。「ダークエンジェル」とは、タクシーの運転手から勧め先として紹介された、国際通りの店の名前だった。その通りを黄色に黒の太いハブが横切る。

ミロの強姦と妊娠、久恵の盲目と強姦、徐の下半身不随など、通常はハンディキャップと見なされる要素が、彼らにとっては何らマイナス要因にはならない。ここには勝者も敗者もない。ダークな環境に対抗するダークな強さ、人間の根源から発する意志と身体の秘められた力。『ダーク』は何よりも、〈強さ〉の美学に染め上げられた小説にほかならない。

（北海道大学大学院教授）

桐野式『リアルワールド』にOUT＆INする——蕭伊芬

桐野夏生は容赦なく書く作家である。

『顔に降りかかる雨』を筆頭とする、鮮烈な女性像を打ち立てた村野ミロシリーズ。弁当工場で働く主婦たちが死体解体に手を染めるようになる『OUT』。もの言わぬ子どもの視点をも盛り込むことで、作品を謎のままに終え、物議を醸した直木賞受賞作の『柔らかな頬』。作品を世に送り出すごとに、より鮮明な人物造形と、よりダークな物語の展開、加えてさらに練り込まれた語りで、桐野は作中人物を、もしくは読者を、平穏な日常から引きずり出すことに、一切の情け容赦を許さない。投げ飛ばされた先の世界で見たあまりの光景に、唖然として脱落してしまう者もいれば、したたかに生き延びる術を身につけてサバイバルしていく者もいる。

この手加減のなさは、大人だけに限定したものではなく、少年少女を主人公とした作品においても貫徹されていた。日本には昔から友情もしくは愛情・葛藤・お涙頂戴の旧式青春小説が多くあるが、読者は桐野式のボーイ・ミーツ・ガールに何を見るのか。ストイックに徹しているとはいえ、「少年少女」という囲いは作家に何の影響も与えなかったのか。これら疑問に対する解答の要件をクリアする『リアルワールド』をヒントに考えていきたい。

高校三年生の夏休みに、少年ミミズはその母親を殺した。その隣に住む、同じ学年のトシちゃんは手違いから携帯電話を逃走するミミズに奪われてしまう。この携帯をきっかけに、トシちゃんが属する仲良し四人組の少女たちはミミズと係わりを持つようになり、彼と共に〈リアルワールド〉からドロップ・アウトしていく。少年と出会った少女は変貌する——果たしてそうなのか。真面目で控えめなトシちゃん。男のような言動が印象的なユウザン。可愛らしい外見でグループのマスコットを務めるキラリン。そして飄々とした言動が目立つテラウチ。『リアルワールド』は彼女ら四人と、少年ミミズが語り手をバトンタッチしながら展開していく。冒頭で、最初の主人公であるトシちゃんは次のように語りだす。

あたしたち四人のグループは、皆もうひとつの名前を持っていて、カラオケボックスの会員証もエセで登録している。黙っていたってコンピューター登録されてしまうんだから、こっちも武装しないといけない。でないと、大人にいいようにされる。というのがテラウチの主張だった。

トシちゃんこと山中十四子はしつこい〈アンケート野郎〉に会うと、その日の気分や服装によって自分の設定を〈エセOL〉か〈東大生〉にしたりして、〈ホリニンナ〉と名乗ることにしている。場面ごとに違う役割を演じるのは格段特別なことではなく、生活の場が多層的で複雑になっていくのに伴い、だれしも体験することであろう。むしろトシちゃんがはっきりと対大人用の〈武装〉と意識しているところに、旧来の青春小説に見られやすい大人対子どもの構図が底流としてあるように見え隠れる。しかしながら、主要な視点人物とその関心事を少年少女とその周辺に限定し、彼・彼女らを次から次へと交換させることによって、桐野はステレオタイプの図式に陥ることなく、異なる問題に切り込むことができた。

視点が変わる度に、人物のそれまでのイメージが覆されてしまう。通う学校の偏差値にしても個人の外見にしても、スペックが平均的で目立たないように見えるトシちゃんは、冷静沈着でいつも正しいことを言うから、仲間との間には見えない溝が横たわっている。自分のセクシュアリティに思い悩むユウザンは、母親の病死を原因に己の無力さを改めて思い知らされてしまい、虚勢ばかりを張る日々。おっとりとした雰囲気で場の空気を和ませるキラリンは、派手な夜遊びグループを渡り歩くことによって、ささやかな虚栄心を満たしている。バカの振りをしつつも、実は誰よりも要領がよくてクールなテラウチはグループのみんなから一目置かれている。確かに少女たちはそれぞれに違う面を持っていたが、それはミミズと知り合う前から、すでに彼女たちの中に明確とあったものであり、周りの友だちもそのことを見抜いている。知らないのは、いつも本人だけである。

トシちゃんは自白する。つき慣れない嘘に最初は手こずったものの、そのうち〈ホリニンナ〉は〈第二の名前みたいに心も体も馴染んでしまった〉、と。しかしながら、本作における人物の自意識と他者のまなざしにあるズレは視点の交代によって絶えず上書きされては拡大される。たとえば、自称ではなく、他人から〈ホリニンナ〉とトシちゃんが呼ばれるのは、作品の最初から最後までの一度きりしかなかった。それも〈ｄｅａｒ ホリニンナ〉と始まる、テラウチが残した遺書であった。このテラウチこそトシちゃんに対大人の武装術を教え、ミミズの逃走に同行したキラリンからも頼りにされるほどのキーパーソンであったが、家庭に戻って母親との確執を前にすると、か弱い子どもの一人になってしまう。〈擬態〉を通じて彼女たちは繋がりあい、そして互いに相手の目に映る己の姿を見失ってしまったのである。ミミズは結局、その真実を暴くために投下された起爆剤にすぎない。

桐野は母親と娘／子の関係のみならず、同じく少年少女である人物たちの間においても、まなざしの一方通行性とその切なさをも描こうとしたのではなかろうか。おそらく、この点にこそ桐野の少年少女物最大の特徴があるように思われる。『リアルワールド』はイタリアなど海外の若者から大きな反響をもって迎え入れられているようである（ジャンルーカ・コーチ「イタリアで沸騰する桐野夏生さんの人気について」『野性時代』二〇一二）。若者に対する抑圧と力の行使への着眼点が西洋思春期文学の伝統に接近していることは、桐野作品が海外の読者にも受け入れられやすい一因として考えられる。すなわち、大人対子ども、母親対娘／息子、社会対個人、という馴染みのある構図である。一方、R・S・トライツによれば、特に二十世紀後半に入ってから、アメリカをはじめとする西洋の思春期文学はこれらの構造を解体し、新たな見方を読者に提供することに苦心してきた（R・S・トライツ著、吉田純子監訳『宇宙をかきみだす　思春期文学を読みとく』二〇〇七）。

桐野は海外の読者にとって親和性の高い主題に挑みながら、親切心とも無関心ともとれる、見てみぬふりという極めて東洋的な無化の力を作中に行き渡らせることによって、本来、対峙するはずの者たち（友人・親子）の衝突を回避させたのである。結果として、人物たちが抱える未完全燃焼のエネルギーの炎はある者を内から呑みつくし、ある者に消えない傷跡を残すこととなる。そして行き場を失った視線は人物たちに限らず、最終的には物語を追ってきた読者のそれと重なるようにして合わさる。作品は安易に既存の答えを提示するのではなく、読者一人ひとりにその疑問を投げかける。これが〈リアルワールド〉だろうかどうか、と。

甘酸っぱい恋の始まりをお望みならば、ほかのものを当たった方が賢明だろう。桐野作品は主人公が大人にしても、少年少女にしても、スリリングで刺激的な辛口が持ち味である。一生ものの恋ならぬ火傷が読者を待っているからである。しかしながら、『OUT』のようにはいかず、主人公が完全に社会からドロップ・アウトしきれていないところを見ると、桐野もやはり「青春」という二文字を前にすると甘くなったのか、とつい邪推してしまう者もいるかもしれない。その真実や如何に――〈リアルワールド〉にINする勇気をお持ちの方を、物語はいつも待っている。

（白百合女子大学大学院生）

「グロテスク」——ナルシシスムの怪物の物語——佐藤翔哉

女性が鏡に映して自分を見るのは、自分の姿を見るためでなく、
自分がどんなふうに他人に見られるかを確かめるためだ

アンリ・ド・レニエ

この小説は、一九九七年三月に起こった東電ＯＬ事件を基にしている。事件当初、昼は一流企業ＯＬ、夜は娼婦という二つの顔を持った被害者の女性の秘密を暴こうと、マスコミの執拗なまでの取材がなされた。そこには一流企業ＯＬと娼婦という結び付きそうもない「記号」に飛びつく男性社会の欲望が渦巻いていた。桐野は「野生時代」（11・8）の「作家自身による主要一五作品解説」の中で〈ひとつのファンタジーに発情して酔っている男の人たちに反感がわいて「私が書きたい」と思ったんです。〉と執筆の動機となった自身の欲望を語っている。

さて、作品の主要登場人物は、ユリコの姉である〈わたし〉、類い希な美貌を持つユリコ、〈わたし〉の同級生で優等生であり続けようとするミツル、同じく〈わたし〉の同級生で昼は一流企業のＯＬを務め夜は娼婦に姿を変える佐藤和恵、中国の農村部出身で日本に密入国し妹との近親相姦と殺人の疑いがある張の五人であり、それぞれが特徴を持った〈怪物〉として描かれている。また、作品全体は、〈わたし〉による悪意ある語りに覆われている点も作品を特徴付けている。その中に〈ユリコの手記〉〈張の上申書〉〈和恵の日記〉が挿入されており、

それぞれの欲望を持った語りが他の語りの内容と齟齬を来している。どれが真実か、芥川の小説と同様、真実は「藪の中」いや、全ての語りが真実なのである。また、この作品の登場人物は他人に見られることに対する意識が突出している。例えば、〈わたし〉は醜い人物として造形され、この世ならぬ美貌を持って生まれたユリコと姉妹であることによって幼い頃から比較され続ける。このことは、自然と〈わたし〉に他人の目を意識させることになる。第一章第三節では〈わたし〉が中学一年生の頃に群馬の山小屋へ行った時のことが次のように語られている。ユリコは小学六年生である。ユリコと〈わたし〉を連れた母が露天風呂で中年女にユリコのことを〈あんなに綺麗な女の子、見たことないわ。〉と褒められ、得意げな表情を見せる。しかし、〈自分に全然似ていない子供を持つって妙な気分でしょうね。〉と図星を突かれ、こわばった顔でその場を去る。その後、母は露天風呂に浸かって空を見上げているユリコに声をかけ、周囲の視線を集める。もちろん、〈わたし〉もすぐ傍にいて、母と〈わたし〉とユリコは先の中年女の言葉と同様に人々に好奇の目で見られるのである。そして、スイス人の父にも日本人の母にも似ていないユリコを〈わたし〉は突然変異の産物だと結論づける。東洋系の顔を持つ〈わたし〉は、このときまで母を味方だと思っていたのだが、母に向かってユリコが〈気持ち悪い顔をしている〉と言うと、母が下僕のようにユリコの味方に付いたため、家族内で疎外感を抱いてしまう。このように〈わたし〉は、ユリコの美貌によって母と切り離されてしまうのだが、作品は次のように始まっている。

わたしは男の人を見るたびに、この人とわたしが子供を作ったら、いったいどんな子供が生まれてくるのだろう、とつい想像してしまいます。それは、ほとんど習い性になっていて、男の人が美しかろうが醜かろうが、歳をとっていようがいまいが、常にわたしの頭の中に浮かんでくるのです。

〈わたし〉は中学一年生のときに母との心理的距離が生じているのだが、冒頭において、母性的存在として描かれている。しかし、その母性はすれ違う男を見る度にこの人とだったらどんな子が生まれるだろうという異常な妄想をするものに変形していた。そこに期待しているのは、ユリコのような突然変異の美貌を持った子である。そして、その期待は作品終盤に登場するユリコの息子の百合雄によって満たされる。百合雄はユリコと同様類い希なる美貌を持った少年であるが、生まれつき目が見えない。和恵の裁判のあと法廷で初めて百合雄を見た〈わたし〉はすっかり心を奪われてしまう。これまで、悪意の塊として生きてきたことも忘れ、初恋に落ちたとでも言う程に。後に和恵の売春日記を読んで動揺している〈わたし〉を気遣って百合雄が両肩を覆うと〈百合雄の力強い掌から熱が伝わってきます。セックスというものは、もしかしてこういうことですか。〉とその熱の入れ方は尋常ではない。百合雄は、〈わたし〉にとってネックであった醜を無化する存在であり、〈わたし〉が求めていた美の最上の体現者であった。〈わたし〉は決してユリコを忌み嫌っていたのではなく、その美を求め続けていた裏返しとしてのコンプレックスだったのである。しかし、〈わたし〉がユリコを見ることは、同時にユリコの美を通じて自身の醜を見ることである。逆にユリコの視点に立てば、姉の醜を見ることで自身の美を見ていたのである。両者は、見る見られる関係において共存する鏡であったのだ。それが、ユリコという一方の鏡が目の見えない百合雄に代わることで、〈わたし〉は自身の醜を美の体現者である百合雄に悟られないという絶対的な安全地帯に立つ。しかし、百合雄は視覚を失っている代わりに優れた聴覚を身体に有していた。その聴覚を頼りに他人の内面も読み取る非常に感性の鋭敏な人物であり、そのため〈わたし〉の百合雄を自分の玩具にするという目論見はあっさり崩れ去る。百合雄が鋭敏な感性で〈わたし〉の心理を読み取って語る言葉は、そのまま〈わたし〉の心理を映し出す鏡である。〈わたし〉にとっての新たな鏡が誕生するのである。この新たな鏡は悪意という歪みのない鏡である。ここにユリコと百合雄の違いがあり、〈わたし〉は悪意の怪物だった存在から超越していく。超越した先は、ユリコと和恵が一線を越えた先、つまり立ちんぼである。ここに価値の反転という逆説がある。店の抱えの娼婦から身の危険も顧みない立ちんぼになる。それだけでなく、身を売る金額や場所さえも崩壊していく。これらは一見堕落の途を辿っているように見える。しかし、それは己の中の怪物を突き詰めていった先にあるものであった。言い換えるならば、己のナルシシスムの追究の果てとでも言えようか。彼女らにとって立ちんぼは、堕落ではなく上昇なのである。ナルキッソスは水面に映っている自身を見てうっとりし、愛する者を自身から切り離せないことに悲嘆し死を迎え、水仙に変化してしまう。彼女らは、己の内に潜む怪物に気づきつつも切り離すことは出来ない存在であった。和恵は地蔵前でユリコと再会し、交替で立ちんぼをすることになり、ユリコに向かって〈しっかり商売しようね〉と声をかける。対してユリコが〈死に向かってね〉と返事をしていることは象徴的である。〈わたし〉は百合雄との出会いで新たな怪物となるが、それはユリコと和恵を追った模倣でしかない。それはまた、ユリコと和恵へのオマージュとも取れるだろう。

先に〈わたし〉とユリコの鏡の関係を見たが、この作品には他にも相手を映し出す鏡が多く存在している。著者の執筆の動機に関連させれば、ユリコや和恵は男の欲望の空虚を映し出す鏡である。これはユリコ自身が和恵に語っている。和恵は、昼の和恵と夜の和恵がそれぞれを映し出す鏡の関係になっているが、彼女もまた見られることに尋常ならざる敏感さを持っていた。学生時代は自身でブランドのロゴを刺繍したソックスを履き、一流企業に就職後は昼はＯＬらしい地味な服装に身を包み、夜は娼婦らしい派手な格好をし、痩せるために食事制限をするといった常に他人にどう見られているかを意識し、身体がそのままファッションとして機能している人物であった。最後に、ミツルは医者になっても、優等生として見られたいという欲望は止まず、頭の良い夫を持つことで夫の明晰さを自身の身体に着せ換えようとしていた点も指摘しておきたい。

（東洋大学大学院研究生）

『残虐記』――『柔らかな頬』の系譜として――

原　善

『残虐記』（新潮社、04・2）は、当初「アガルタ」というタイトルで連載されていた中編を、「残虐記」という作中作として、その前後に主人公の夫の手紙を配置することで入籠型にして、外側も『残虐記』と改題して刊行された作品である。作中作の「残虐記」とは、十歳の少女の頃に、男に一年間監禁された過去を持つ作家・小海鳴海（本名北村（生方）景子）が、二十五年後に出所した犯人、安倍川健治からの手紙を受け取った後に失踪した際、夫のもとに残していった、事件〈の記憶の検証と、その後の自分自身に対する考察〉を書いた手記であり、本人は〈これは小説ではない〉と述べている。東電ＯＬ事件にインスパイアされて『グロテスク』（03・6）を物し、グリコ・森永事件に触発された「植林」（99・10、『アンボス・ムンドス』所収）を書いたりもする作家だけあって、作者桐野夏生は、ここでも二〇〇〇年一月に明るみに出た新潟県柏崎市の女性監禁事件に取材していることは明らかである。もちろんそれはあくまでも材を得ただけのことであり、例えば島尾敏雄の『死の棘』をまったく知らない読者でも『ＩＮ』（09・5）の面白さを味わえるように、作品は現実の事件を離れて自立／自律しているのだが、しかしのちに見るように本作のテーマを、まさしくその虚構／現実、想像／真実、嘘／事実、といったところに見定めるならば、作品現実と別の現実との関係を考えることもあながち無効とは言えまい。そしてその時、幼女あるいは少女が誘拐されたあるいは親の前からいなくなった事件を扱っているという意味では、本作が参照しているものとしては現実の柏崎の事件以上に、作者自身の旧作『柔らかな頬』（99・4）が思い当たるはずだ。『柔らかな頬』は、捨ててきていた郷里の北海道で長女の失踪事件に遭い、娘の行方と事件の真相を探し続けていたカスミが、死病を病んで退職した元刑事内海とともに、七年目にその真実に迫っていくという話だ。

これまでも両作の関連については、内実が不明ながら〈『柔らかな頬』の系譜に連なる桐野さんのこの新たな代表作〉（温水ゆかり「ダ・ヴィンチ」04・5）と言われたり、〈複雑な多面体が開くたびに違う顔を見せ、開けても開けても暗闇が残っていくような読み心地は、『柔らかな頬』以来のもの。〉（川口晴美「図書新聞」04・4・3）と述べられたりもしていたが、失踪した幼女（少女）、それを探す母、というモチーフの重なりを見れば、娘の失踪後の母の懊悩という『柔らかな頬』に対して、母の前から消えてしまった娘の側の不安と恐怖を描くという形での〈さらには自分の不倫のせいだという加害者意識を持つ母に対して、被害者本人の娘という〉反転を見せつつも、『残虐記』はまちがいなく『柔らかな頬』の続編だと言えるのだ。しかし『残虐記』を『柔らかな頬』の焼き直しにすぎないと貶めようとしているわけではない。『柔らかな頬』で〈あの時の悲しい思いや頼りなさは誰にもわからない〉という〈誰にもわかり得ない体験〉をしてしまったカスミという母が、〈あの事件以来、自分が自分じゃなくなったということ〉を〈悪夢〉と言い、今娘に失踪されている中で〈娘と同時に〉〈自分〉を取り戻そうとしている母の懊悩に対して、事件が解決したその後にも長く続く娘の苦悩という、続編としての発展が果たされているのだし、むしろ、『柔らかな頬』の中に既にその萌芽があったものとして次のような大事な共通点があるのだ。

『残虐記』の中で景子は、誘拐犯ケンジの行動の意味・隣室の〈ヤタベさん〉が何をしたのか・押入れの中のランドセルに書かれた〈おおたみつこ〉とは誰か・庭に埋められていた遺体は誰のものか等々の謎について自分なりの空想・想像を巡らせる。それが〈毒の夢〉と呼ばれるものだが、これが本作のキーワードの一つである〈性的人間〉という〈他人の性的妄想を想像すること〉の実現として〈想像〉され夢見られているものなのである。同じように事件の真相に迫ろうとする時に主人公（たち）が空想・想像を巡らせていくという場面は既に『柔らかな頬』にも、有香が誘拐された当日の真相が、別荘地に住む売主の和泉正義が使用人に罪を着せるべく誘拐・殺人を犯していたという退職刑事内海の〈白昼夢〉としてまず第七章で示されている。次いで第八章では、有香の誘拐は実はカスミが十八歳で家出をして捨ててきた両親が夫の森脇と結託したものだったという真相を〈夢というより、幻視みたい〉にカスミが見る。さらには事件は駐在所の巡査脇田が犯したものだったということを語る夢が第九章で示されるが、それは内海が巡査脇田になり代わる形で夢見られ、それゆえに〈有香は自分が殺したも同然なのだ〉という認識を死の直前にもたらすことになる〈最期に行き着いた夢〉だった。しかし作品はさらに最後に誰の妄想ともわからぬ夢をそのまま第十章にして、犯人そのものは不明ながらも事件は母の不倫を知っていた有香自身の意志で家を出ての遭難だったという可能性が示されて、作品は閉じられる。

こうした〈真相とも妄想ともつかぬ夢〉（文庫コピー）がいくつも示され、〈実家を再訪することで三番目の夢は妄想であったことが判明する他は〉いずれも読者にとっては可能性のあるリアリティを見せつつ、ついに客観的にはどれが真相であるか（どれも真相でないか）を明らかにしないで作品は終結するが、それも『残虐記』と共通している。『残虐記』では、矢田部が実は共犯者であってケンジの夜な夜なの狂態は彼の気を引くべく窃視を促すためのものだったという（さらなる作中作である）景子の処女作『泥のごとく』（の原型）が確かなリアリティを持ち、その後の矢田部の失踪や、再会後の対応などを見れば真相に迫っているかに思わせつつも、決定的な事実を読者に示すことはなく終わるのだ。のみならず、それを描いた「残虐記」の後に付された夫（宮坂〉の手紙によって、工場主たちも共犯だったのではという宮坂の〈性的妄想〉によって相対化されるのみならず、〈小説ではない〉はずの「残虐記」が、宮坂との結婚を隠していたということで、『泥のごとく』やそれを紡いだ〈毒の夢〉の外枠の虚構性を露呈させていく。こうして事件の真相は解明されないまま終わるのだが、それは、決して否定的に評価されるべきものではなく、物語の抑圧性に敏感な桐野にとっては計算ずくのことであり、『残虐記』の場合には必然的にもたらされた展開とすべきなのである。

〈真実に迫ろうとする想像です。想像への材料、そういうものを欲しいんだよ〉という言葉が作中にあるが、それを引いて〈作家としての方法論を象徴してい〉(「文芸春秋」04・5)るとする加島茂の発言は正しい。先の〈性的人間〉という〈想像〉にしても、景子本人が〈私が近い将来、図らずも小説家という仕事を得る萌芽〉だったと繰り返しているとおり、既に〈小説〉と地続きのものだったのだ。『柔らかな頬』には〈誰もがちょこっとずつ本当のことを言わないとします。物事は少しずつずれていって奇怪なものになる。〉という、真実のわかり難さを言う内海の言葉がある。しかし〈自分だったらって思いますよ〉という元刑事がたとえ現役であったとしても真相がつかめたはずもなく、むしろその少しずつの誤差・溝が真相なんてものを離れて増殖・肥大していく様をこそ『残虐記』は描いているのであり、それは〈あなたが事実を言ったと思ったら、僕はあなたの想像力とあなたの真実との溝についてまた想像するのです。そうやっていくらでも伸びていく想像のために知りたいのです〉というやはり宮坂の言葉が雄弁に語っているはずだ。これは真犯人や真相にいたることのない『柔らかな頬』へ浴びせられた批判・不満に対する桐野からの反論であって、その意味でも『残虐記』は『柔らかな頬』の続編なのだが、同時に(やはり愛人の生霊を幻視する)『IN』や『ナニカアル』(10・2)へと続く、それまでのミステリー的な方法から、書くことの意味を追求する作品系譜へ折り返させる結節点なのである。

(近代文学研究者)

桐野夏生『I'm sorry, mama.』——徳江 剛

桐野夏生『I'm sorry, mama.』は、「小説すばる」誌上で二〇〇三年五月号から二〇〇四年一月号、同三月号から五月号まで、全十二回にわたって連載された小説である。桐野と写真家竹内ニコル賀美のコラボレーションとして始まった企画であり、連載当時は各章の扉に竹内による古着をモチーフとした写真が掲載されていた。単行本化（集英社、04・11）の際に竹内の写真はカットされ、代わりに森山大道の「ヨコスカ」（65・8）内の一枚が表紙を飾ることとなったが、文庫版（集英社文庫、07・11）では連載第一回の扉として使用された——アイ子の母の形見を連想させる——箱に入った靴の写真が表紙となっている。

同時期にエドガー賞にノミネートされた『OUT』（講談社、97・7）や第十七回柴田錬三郎賞を受賞した『残虐記』（新潮社、04・2）に比べ注目されてこなかった同小説だが、アイ子という主人公は菊地優美のいうところの「怪物」——「自己の欲望に忠実に生き、欲望の体現者として存在する者」（「桐野夏生『グロテスク』における二つの物語—〈語る者〉の欲望と〈語られる者〉の抵抗—」「国文」一一四、お茶の水女子大学国語国文学会、10・12）——であるといえ、その点で同小説を『OUT』や『グロテスク』（文藝春秋、03・6）の系譜に位置づけることができよう。また、『女神記』（角川書店、08・11）や『東京島』（新潮社、08・5）で前景化される〈天皇制内部のジェンダー抑圧〉と、『IN』（集英社、09・5）、『ナニカアル』（新潮社、10・2）の〈文壇におけるジェンダー抑圧〉という、後の桐

野文学の主題となる二つの問題系が萌芽した〈分水嶺〉の小説としても位置づけられている（武内佳代「桐野夏生試論―『I'm sorry, mama.』という分水嶺」「文教大学国文」四一〈12・3〉）。

先行研究では、小説内に登場する元娼婦のミッチーを美智子妃の、アイ子を愛子内親王のパロディであるとし、「人や物を破壊しまくり、男たちと性交を楽しむ」アイ子の姿から「女性の皇位継承権（換言すれば皇室の〝主役〟となる権利）やエロスを含めた主体的行動が許されていない近代天皇制における父権制への痛烈な批評性」を読み取った武内佳代の分析がある（武内前掲論文）。ここでは、武内が「極めて人工的に映り」「リアリティに欠け」「読者を当惑させずにおかない」と指摘したアイ子の人物像について掘り下げてみたい。

アイ子はまず、殺人者としてカテゴライズされる。テクスト内で明かされているだけでも、アイ子は九人を殺傷している。だが、島田雅彦が「アイ子の憎しみには由来や理由はあるのか?」と述べ（「解説―「性悪女の一生」」『I'm sorry, mama.』集英社文庫、07・11）、斎藤環が「流動性に満ちていて、安定的な欲望の対象はどこにもない」と指摘するように（『関係の化学としての文学』新潮社、09・4）、その動機には一貫性がない。

また、アイ子は娼婦という顔も持っている。娼婦といえば、桐野夏生の小説では『グロテスク』の佐藤和恵が想起されよう。中年という年齢設定や、アイ子の〈白めのファウンデーションを塗ったく〉り〈真っ赤な口紅は剥がれかけている〉という〈荒んだ外見〉は、和恵にも共通するものである。しかしこれらの共通点はむしろ、二人の相違点を強調しているといえる。高学歴のエリートOLである和恵に対し、アイ子は義務教育のみを受け現在はフリーターである。和恵が父親に認められることにこだわり続けた一方で、アイ子は母からの愛を渇望する。そして何より、和恵を娼婦という道に向かわせたのが、女性であるがゆえに和恵を評価しない家父長的な社会への怒りと、女性として不特定多数の男性に評価されたいという願望との葛藤であったのに対し、〈通貨〉として〈体を提供〉することを〈至極当然のこと〉と考えるアイ子にそのような葛藤は描かれず、この点で二人は決定的に異なる。斎藤環は、「行動にはためらいがな」く「ほとんど葛藤せずに行動する」アイ子を「人格障害者といわれる人の典型例」と指摘し、レクター博士と同列に置いている（斎藤環、桐野夏生「想像は現実である」「青春と読書」三九（一二）04・12）。しかしアイ子は、レクター博士のように高度に合理化された思考ゆえに葛藤がないのではなく、葛藤を生み出すような内面を持たないのだ。

アイ子の内面の欠如は、その過去の欠落に由来する。〈過去の伝を利用し、利用し尽くした後は要らないから消す。そうすれば常に真っ白なノートでいられるから、自分の痕跡は辿られない〉と、アイ子の人格は〈真っ白なノート〉と表現される。〈知識や経験を蓄積して思考する習慣を綺麗さっぱり忘れてしま〉い、〈常に目先のことしか考えられ〉ない人物であるアイ子は、自身を取り巻く因果関係を払拭し、人生をリセットするかのように殺人と逃避を繰り返す。このリセットという概念こそが、アイ子の行動原理であるように見える。アイ子によって殺傷されたのは、多くがアイ子の過去に関わる人物であった。過去も、過去を知る人物も、アイ子にとっては障害でしかない。〈他人の死は自分を自由にする〉〈他人の死は、ノートを真っ白に変える白い消しゴム〉とあるように、過去を持たない〈真っ白なノート〉という状態はアイ子にとって自由と同義なのであった。

しかしこの自由は、アイデンティティ不安と表裏一体である。小説には、アイ子が〈真っ白なノート〉としての自己を保持しようとする反面、無意識にこの空白を埋めようとする様子が描き込まれている。たとえば、〈ママの形見〉である古い靴を母に見立て、一人二役で親子の会話を演じる行為は、起源としての母親像を捏造しようとする試みといえるだろう。また、アイ子は睦子が繰り返し語る彼女の生い立ちを、睦子になりきって居候先の主人に聞かせるが、ここでアイ子は睦子の過去を追体験しているといえ、ここにも欠落した自らの過去の空白を埋めようとするアイ子の願望が表れている。このように、過去をリセットして〈真っ白なノート〉であることを望むアイ子は、それとは逆の、過去の空白を補完しようとする願望をも同時に抱えている。

やがてアイ子は、〈都合の悪い過去を消しまわっているうちに、自分の過去を知る人々をすべて失ったという事実〉を発見する。アイ子は過去というしがらみから自由な主体ではなく、起源を喪失した不確かな存在なのである。そして母親という自らの起源を探し始めたアイ子が、実の母であるエミを自ら手にかけて殺した瞬間、アイ子の〈真っ白なノート〉の状態は終りを告げる。瀕死のエミによって自分の出生の真実を告げられたアイ子は、〈自分はいったいどうしたらいいのだろう〉と〈後悔という名の初めての感情にうろたえ〉る。エミは死によってアイ子の中で神格化され、〈起き上がることができな〉いほどの〈衝撃〉と〈アイデンティティの大混乱〉をもたらす。〈真っ白なノート〉だったアイ子に、自らの生い立ちという過去が〈消しゴム〉で消すことのできない歴史として刻みつけられたとき、アイ子には内面と葛藤が生じたのだ。

小説は、アイ子が隅田川に飛び込む場面で幕を下ろす。隅田川は、堤防に住むホームレスのコテツによって〈夏になると死ぬこともある〉〈仲間が一人溺れ死んだ〉場所として語られており、死のイメージを付与されている。しかしこのラストシーンは、アイ子の逃亡の行き詰まりを暗示するものであると同時に、未来を予感させるものとして解釈できる部分もあるのではないだろうか。「「死の概念」すらも理解していない子供」（斎藤前掲書）の状態からの脱却／成長は、死に匹敵するアイデンティティ崩壊を乗り越えた先にあるのだから。

（専修大学大学院生）

『白蛇教異端審問』——小説教信者の告白——

押野武志

『白蛇教異端審問』は、二〇〇五年一月に文藝春秋社から刊行された、桐野夏生の初めてのエッセイ集である。エッセイが苦手で、現実よりも小説の世界が面白いと自認している桐野ではあるが、それでも一九九三年に江戸川乱歩賞受賞作『顔に降りかかる雨』で文壇デビューしてから一二年間にわたって書きためた文章が、「Ⅰ ショート・コラム」、「Ⅱ 日記」、「Ⅲ エッセイ」、「Ⅳ 書評・映画評」、「Ⅴ ショート・ストーリー」、「Ⅵ 白蛇教異端審問」という分類で括られ、収められている。本書は、白蛇の鱗に包まれた装丁で、帯には、「世間のリフジンと闘い続けるケンカ・キリノの一線を越えたエッセイ集」とある。二〇〇八年一月に、文庫版が刊行されるが、その解説は、本書所収の論戦に期せずして関わることとなった東野圭吾が書いている。「白蛇教異端審問」には、東野自身による、ミステリーの定義をめぐる文章が挿入されている。

〈小説を書く仕事とは、自分の中にもうひとつの世界を作り、それをとめどなく広げていくことである〉（「あとがき」）とは、桐野でなくとも多くの小説家が述べるような一般論の域を出ない。だが、桐野は自らが創り出した小説世界の中の現実は、〈生の現実の方を蝕んでいく〉（「あとがき」）という。それだけ、小説世界の方がリアルなのである。だからこそ、〈自分の小説世界が傷付けられれば、……生の現実を辛いものにしても、闘いを挑まなければ生きてはいけなかったのである〉（「あとがき」）。その闘いのさまは、表現者としての思いを、自分を教祖とする「白蛇教」の立場を借りて、書き綴った連載記事で表題作となった「白蛇教異端審問」に顕著に現れている。

「白蛇教異端審問」の冒頭で引用されているのが、〈矢でも鉄砲でも飛んでこい／胸くその悪い男や女の前に／芙美子さんの腸《はらわた》を見せてやりたい〉という、林芙美子の詩である。桐野は〈これが、私が信じていた小説教の教えのひとつである〉という。桐野の芙美子への傾倒は、芙美子の戦時下の隠された「ナニカ」の謎解きに挑戦した評伝小説『ナニカアル』（新潮社、10・2）を上梓するに至る。作者と芙美子の共鳴が生み出した物語になっている。芙美子も、同時代の作家・円地文子から人格に関わるような酷評を受けたり、戦争協力者と批判されたりと、人物評には厳しいものが多かった。

「白蛇教異端審問」で書かれているのは、腹を括っていない無責任な書き手に対する怒りだ。白蛇教とは〈表現に命を懸ける者たちが信ずる宗教〉のことである。まず、〈胸くその悪い男や女〉として名指したのは、「新潮45」に掲載された、桐野の直木賞受賞作『柔らかな頬』についての批評に名を借りた匿名による、反論も叶わない人格批判である。そのような〈宗教弾圧〉に対して、これまでの民間信仰としての〈小説教〉を超えて、自ら教祖となって、表現に命を懸ける者が信じる〈白蛇教〉を打ち立てるという。そして、自らの表現に対する不当な攻撃には断固として闘うことを、「異端審問」と呼んでいる。

次に標的にするのが、関口苑生の「ミステリーはお弁当箱か」と題された、『顔に降りかかる雨』や桐野のミステリー観、作家としての姿勢を批判する評論である。江戸川乱歩賞受賞作をミステリーではなく、ロマンス小説に過ぎないとする関口の非難は、ロマンス小説や弁当を不当に貶めるものであると論駁する。女性作家として、女性版ハードボイルドという〈男性原理〉ではなく、〈女性の論理〉を貫くべきであるとする関口のジェンダー理解の浅薄さも容赦なく批判する。作家というのは、常に批評される立場にあり、その批評に対しては、〈有名税〉として甘受せよという世論に対して、桐野はそのことに諦めるのではなく、作者独自の理論で反論する。この強引なまでの自己主張は、実作の女性探偵・村野ミロシリーズにも通じている。

このエッセイの最後には、〈ブーイングされても、セコンドが逃げても、闘うべき時には闘わなくてはいけない、言うべき時には言わねばならない、と決意してリングに上がった私はまさしく道化となった。だが、道化でも構わない。同じようなことがあれば、これからもするだろう。小説も喧嘩も、すべて「私」という水源から発しているからである〉と記す。

『ＯＵＴ』（講談社、97・7）の成り立ちについては、「『ＯＵＴ』という名の運命」というエッセイで触れている。さんざん苦労した『柔らかな頬』の第二稿を編集者から、うまく直っていないと言われ、〈わかりました、これは捨てます〉と言い切った桐野は、これからどうするのかと問われ、〈別の小説を書きます〉と意地で答えた。この時、『ＯＵＴ』の構想が生まれたという。行き場のない中年女たちの小説を書こう、と。行き場のない中年女とは、まさしく桐野自身のことだった。ここが桐野作品に通低する、社会の理不尽さに対するいらだちであり、小説創造の源でもあった。

また、桐野には今現在の人間関係をすべて断ち切って消え去ってしまいたいというような失踪願望がある。『柔らかな頬』（講談社、99・4）や『玉蘭』（朝日新聞出版、01・3）、『残虐記』（新潮社、04・2）にもそうしたテーマは出てきている。実際に謎の失踪を遂げた人物が親戚にいて、それを『玉蘭』のモデルにもしている。

「私の死亡記事」という題のエッセイでは、〈十月七日、香港の南昌地区にある永安老人病院で死亡した日本人女性が、二十年前に失踪した作家の桐野夏生さん（七十四歳）とわかり、周囲を驚かせている〉と、物故者のことを伝える記事風に書いている。

桐野の小説論として、あるいは桐野の小説のエッセンスを楽しむ手がかりとして、エッセイを読むこともできる。実人生には、「偶然」が満ちているのに、小説において「偶然」を排除するのはおかしいとして、〈複数の登場人物の小さな必然を組み合わせて、大きな偶然を逆に作る〉（「時のかたち」）という創作方法や、小説の主人公と書き手をどうしても重ねてしまう読者が貼り付けてしまった〈主婦作家〉というレッテルから、いかに自由になるかについての苦心を述べたエッセイ（「ひとりごと　3」）などが、それに相当する。このような、小説をフィクションとして享受することのできる態度が、実人生で起こる最大の危機や偶発的な出来事に対して、抵抗力を高めることにつながるのである（「やむなき旅人」）。桐野にとって小説の世界とは、〈荒々しく理不尽で滑稽でもあるが、現実そのものとは違う実相を備えた世界〉（「リアル」）なのである。

また、〈書くことによって幻を少しずつ解凍してみよう〉と、自らの生い立ちを記したエッセイ（「ゆらゆらと生きてきた」）や、一線を越えた人間の裁判を傍聴し、小説家がそれを小説にするときは、小説家もまた一線を越えるという覚悟を記したエッセイ（「一線を越える」）は、桐野にとっての書くことの意味が切実に伝わってくる文章である。

その他、「天使の書評」と銘打たれた、国内外の様々なジャンルの書評や、「ソウル――街物語」「夜の聖地」「夜の姿」「二千章から成る小説」「おかえりなさい」という表題のショート・ストーリーなども収められている。

「Ⅱ　日記」は、直木賞受賞直後の、一九九九年七月一五日から八月二〇日にかけての日記で、ひとりの主婦が突然世間の注目を浴びて多忙を極める中、それでも進行中の作品の数々を書き続ける様子を描き、作家のドキュメンタリーとして興味深い。

（北海道大学大学院教授）

対極にある物語——「魂萌え!」と「女坂」——

吉目木晴彦

「良人が外の女のものになるということを、公然と認めなければならぬ辛さが、じりじりと身を焼くのだった。こうした苦しさを妻に与えて、平気でいる良人は地獄の鬼のように無情に倫には思われた。良人を天として仕えることを自分の生活の信条にしている倫にとっては良人の無理に背くことは自分を同時に失うことだったし、そういう信条以上に倫は無情な良人を愛していた。尽くしても尽くしても報われない愛情のひとり相撲にあぐねながら、倫は白川から離れようとはゆめにも思わなかった。白川の地位や財産、悦子や国に預けてある長男の道雅の将来、それらが倫の絆になっていることはたしかだったが、その外にも倫はどんな犠牲によってでも、自分というものの内心の欲望や情緒を底の底まで良人に解って貰い度いのだった。それは倫としてはどうしても白川以外に解くことの出来ない情願なのである」(円地文子「女坂」)

白川倫の「生活の信条」は、参照する社会的価値観に根差していた。夫行友の妾を、その指示に従って自ら物色し、邸内に住まわせる。行友は不要になった愛人を親戚の若者に払い下げ、息子の嫁にも手を付ける。倫はすべてを承知し、黙認する。

「私の生きて来たすべては空しい甲斐のないものだったのだろうか。いやいやそうではないと倫は強く首を振る。私の世界は冥い中を手探ってゆくように覚束ない。そうして、探ってゆく手に触れるのは色のない固い冷たいものばかり、いつ果てるともない闇がつづいている。でもその果てには必ずトンネルを突きぬけたあとのような明るい世界が待っている……待っていなければ理にあわないのだ……絶望してはいけない……歩かなければいけない。登らなければ、登りつづけなければ、決して坂の上へは出られないのだ……。」

晩年の冬、雪の坂道を自宅に向かってとぼとぼと登ったあげく尿毒症を発した倫は、死期の迫ったことを知ると行友に遺言書の所在を告げる。

「倫は辿々《たどたど》しく行友に秘密で貯えて来た自分の財産について書いている。それは可成りな多額な預金なのであるが、その財源となった金は四十年前の昔、倫が行友に命じられて少女の須賀を東京から連れ戻った時、渡された金の残額であったのだ。(中略)倫はその金を帰宅後に、清算して夫の手へ戻そうと思ったのであるが、帰ったあと若い須賀を行友が愛すのを見ていると、この後の自分の身の上も不安になり万一の場合自分というより道雅や悦子のために、自分だけの財産を持つことを考えた、そういう意味から夫に秘密を持つ辛さを自分一人で耐えて長い年月この金を元にして貯蓄して来たが、これは決して自分の驕りに使ったことはない。自分の亡い後は孫の一人一人、須賀や、由美、その他この家の有縁のものにわかち与えて貰いたいと認《したた》めてある……」

倫の最期の言葉は、

「豊子さん、おじさま(行友のこと)のところへ行ってそう申上げて下さいな。私が死んでも決してお葬式なんぞ出して下さいますな。死骸を品川の沖へ持って行って、海へざんぶり捨てて下されば沢山でございますって……」

倫の言葉を聞かされた行友は、そんな莫迦な真似はさせない、と早口に言う。

「四十年来、抑えに抑えて来た妻の本念の叫びを行友は身体一ぱいの力で受けた。それは傲岸な彼の自我に罅裂《ひびわ》れる強い響きを与えた」

円地文子「女坂」は傍若無人な夫に対する妻の復讐譚だろうか。江藤淳は「日常の作法のはしばしに澱んでいる『過去』の記憶の形象化されたもの」と指摘し、それを「本当の風俗」と評した。形象化された記憶とは、白川倫という一人の女の記憶に借りた時代の価値意識である。森鷗外が「歴史其の儘」と言った、ある時代を生きる人間を拘束する意識の基準、人が思い考える時に参照するものごとの関係の捉え方そのものを指す。「女坂」が文学史上の傑作として評価が定着しているのは、時代の記憶を一人の女性の人生と重ね合わせ、端正な文章で描き切ったからである。

　桐野夏生「魂萌え！」は夫の葬儀の場面から始まる。死んだ隆之の生前の行状が次第に明らかになり、敏子と子供たちの関係が暴かれて行く中で、敏子の目に映る風景が変わり、他人の見え方も変わって来る。ただし、関口敏子が参照していたものごとの関係の捉え方は分明にはならない。作中の個々のエピソードは「世相の上澄み」（江藤淳）にとどまり、制度や国家にまで拡がる時代の価値意識には到らない。では、「魂萌え！」は何を描いたのか。関口敏子は何と向き合っていたのか。

　格闘家の前田日明が自伝「パワー・オブ・ドリーム」の中で、家族について記述をしている。

「子供の頃から、オレは、自分の見ているものが、ちゃんとそのままの形で存在しているのかどうか、不安でしようがなかった。他人の目に映っているものは、オレの認識と違うかもしれない。そう考えると、すごい孤独感に襲われるのだった。しかし、オレが考える他人の中に、両親と妹は含まれていなかった。自分と同じものを見ている存在、それが家族だと信じていた。オレにとって、家族とは信頼できる人間関係の最小の核だったのだ。だが、それは間違いだった。家族でさえも、心がすれ違えば、同じものが見れなくなってしまうのだ。他人になってしまうのだ」

中学時代に両親が別居した経験を基に語る一節は、家族についてのナチュラルな感情を示している。自分と同じものを見ている存在。関口敏子が向き合ったのは、自明なはずの原始的な信頼の虚構性だった。夫と自分が見ていた風景はまるで別のものだったという事実。この事実が、他人に対する敏子の見方を変えて行く。カプセルホテルで過去を語った宮里、ホテルマネージャーの野田、デパートのカフェテラスで出会った校正者西泉佐知子、いずれも隆之の生前なら見向きもしなかっただろう人物が、敏子の心の襞に食い込んで来る。一方で息子の彰之に対しては、常に自分との距離を計ろうとする心理へと変化して行く。関口敏子の背景に、白川倫にあった参照する価値意識は示されない。ただ驚きと混乱が敏子を襲う様が描かれる。倫は夫のすべてを承知し、黙認していたが、敏子は何も知らなかった。「女坂」も「魂萌え！」も、いわば〈女の一生もの〉とも言えるが、ストーリーの起点は一八〇度異なる。すべてを知った上で歴史的価値意識と個人感情の桎梏を体現する倫と、家族に対する原始的な信頼の崩壊に直面する驚きをリアルタイムで体現する敏子は、それぞれ家族の虚構性を知りながら維持しようとする女性と、虚構性に初めてまみえる女性の肖像を描き出すことになる。読みながら着地点が予定調和的に見えてくる前者と、「この想像がいつまで続くのか、などと思うのだった」と現在進行形で物語を終える後者で、読後感もまた極端に異なる。「女坂」と「魂萌え！」の対極性はどこに由来するのだろうか。

両者の差異を生み出した源は畢竟、文体――語り口の違いであると推察する。物語は文体から創出される。

「そこまで言って倫はこの奉公人探しのために白川から預った莫大な金のことを話さねばならぬと思った。須賀の身代《みのしろ》や支度料に五百円費ったこと、そのほか須賀を探し出す前に、雛妓《おしゃく》を上げてみたり、斡旋人を仲に入れて数人の素人、半玄人《はんくろうと》の娘を見るのに費《つか》った費用を除《の》けてもまだ倫の懐には夫から渡された金の半分以上が残っていた。倫は宿へつくとそれをすぐ白川へかえすつもりでいた。今もそのつもりで言葉を切ったのに、どうした

のか咽喉《のど》を急にふさがれたように口が動かなくなった」（「女坂」第一章）

「伊藤は言うのを躊躇ったが、その目には密かに女としての優越感が潜んでいるように見えなくもない。

『わからないわ、わからないじゃない、そんなの。誰も何も言わないんですもの』

突然、敏子の感情が乱れた。昨日、今井に怒鳴ってしまったように理不尽さを承知で爆発してしまう。伊藤が息を呑み、自分を凝視しているのがわかっていたが、敏子は溜まった感情が堰を切って流れる本流を止めることができなかった」（「魂萌え！」第二章夫の秘密）

円地文子の文体は朗読すれば特に古風な語り口というわけではないが、文章としては表語文字と表音文字の組み合わせを巧妙に活かして、読者へ目から入る情報——印象——を与え、作品世界に登場する事物に強い意味付けを行っている。近代以降の小説は黙読を暗黙の前提に置いている。日本語を用いて書かれる作品では、漢字という表語文字をどう使うかが重要な鍵になる。「雛妓」という単語は「女坂」が書かれた時期においても、大半の読者にとって忘れられた言葉だった。ただ、その字面によってある種の場や身分を漠然とでも想起させる。これらは音読では伝わらない。「女坂」の文章にはこの種の漢字による単語がそこかしこに見られる。そして巧妙に振り仮名を用いて話し言葉を介在させ、登場人物の生活空間と思考を読者の脳裏に定着させる。「雛妓」を「おしゃく」と読ませ、「みのしろ」を「身代」と表記し、「半玄人《はんくろうと》」の語を用いる。日本語文章は表語文字と読みが一体となってイメージを形成するからである。「魂萌え！」の文体は、このような語への執着を持たない。心理描写においても視覚的で、語表現への依存は少ない。代わりにプロットへの依存度が高く、筋立てのメモを連ねたような記述で、ドラマの脚本を連想させる。「魂萌え！」の文章の特徴、小説としての特徴を指摘するのに、特定の箇所を切り出して示す必要はなく、また無意味でもある。読者はひたすら筋を追って行くほかはなく、筋のパーツでしかない個々の文章を切り出しても、何を示したことにもならない。率直に言うと、必ずしも文章表現を必要とはしない作品で、「女坂」に比べはるかに映像化しやすいと感じられる。非予定調和の現在進行形の物語を生む大元になっているのは、このような文章構造の違いに由来している。登場人物が、彼女たちの生きる時代の価値意識から解き放たれ、カプセルホテルなどの瞬間的に消費される語以外には時代からも自由な文章は一面、普遍的と言えるかも知れない。

（作　家）

『アンボス・ムンドス』——原田　桂

——世界を二つに分かつ時、そこに生じるはあなたの〈悪意〉——

キューバ旧市街の中央にあるホテル「アンボス・ムンドス」は、ヘミングウェイが愛した宿として知られている。『誰がために鐘は鳴る』を執筆したというホテル最上階の511号室は、現在ミニ博物館となっており、〈地球の裏側〉まで訪れる日本人観光客も多い。一九三七年スペイン内戦下、北米新聞連合の特派員としてマドリッドに入ったヘミングウェイは、取材を通じて内戦小説の構想を練り『誰がために鐘は鳴る』は生まれた。共和国政府のアメリカ人義勇兵・ロバート・ジョーダンは、自らの死を自覚したのち〈この世界は美しいところであり、そのために戦うに値するもの〉（『誰がために鐘は鳴る』新潮文庫、73・12）と独白する。しかしながら世界は美しくもあり、また戦場とも化す。このアンチノミーたる世界は、まさに〈二つの世界〉という意＝〈アンボス・ムンドス〉を体現しているだろう。

一九九九から二〇〇四年にかけて発表した七編を収録した桐野夏生の『アンボス・ムンドス』（文芸春秋、05・10）もまた、文庫版（08・11）の副題に〈二つの世界〉と記しているとおり、日常において〈不意に起こる心の高揚や状況の中断、そして独特の「ねじれ」〉（「ブックトーク　桐野夏生『アンボス・ムンドス』」「オール読物」05・12）が生じ、〈外面をはがされ、内面をさらけ出した人間〉（杉本章子「解説」文春文庫、08・11）の〈悪意〉が露呈する。日常の揺らぎによって非日常が出現するのではなく、もう一つの日常が顔を出し〈二つの世界〉が均衡するのだ。

「植林」の主人公・宮本真希は、容姿にコンプレックスを持ち、職場にも家にも自分の居場所がない。自分を取り巻くすべてのものが〈鬱屈〉として蓄積されていく日々の中で、〈特別な能力などひとつもない自分〉が一九八四年に起こったグリコ・森永事件の〈中心人物〉であったと確信する。不必要な人間ではなく、選ばれし人間だったことで生きる希望と〈特別な能力〉を得たかに思ったが、自分に向けられる蔑みや憎悪という種は、確実に自身に蓄積され〈貧相な樹木〉のように育っていた。必要な人間と不必要な人間、主役と脇役に線引きされた真希の内なる〈二つの世界〉が〈悪意〉に充たされるだけでなく、赤の他人に〈悪意〉を〈植林〉しようとするのである。「毒童」もまた、〈二つの世界〉の格差と不平が〈悪意〉を増幅させる。寺を営む家で〈何の取り柄も才能もな〉い袈裟子は、常に自分は〈孤独だ、無力だ、可哀相だ〉と思いこみ、居心地の悪い生活を送っていた。そのような彼女の唯一の支えは、有名作家の私生児あるという自負だった。しかし軽薄な作家と成り下がった父親は袈裟子の存在を認知しておらず、また理解者であるはずの母親も決して〈自分を救ってくれる人間〉ではなかった。〈毒草〉を植えることで日々の鬱屈した怒りをやり過ごしていたが、〈何かを壊さねば承知しない凶暴な怒り〉が〈悪意〉を生み、不思議な〈童〉の力を利用し養父殺しを企てる。「怪物たちの夜会」の主人公・峰崎咲子もまた、九年間の不倫を通して蓄積された〈不公平と不快と不安と不満〉だらけの〈不〉と〈負〉の連鎖が〈不毛〉な虚しさとなり、妻と愛人、そして人間と怪物が拮抗する〈二つの世界〉で、破壊衝動という〈悪意〉に突き動かされていく。「ルビー」に描かれる〈二つの世界〉は、一般社会とホームレス社会との決定的な隔絶を象徴している。ホームレスの段ボールハウスに居つくのはメス猫だけではない。ある日、勝手気ままに生きる女が転がり込んできた。そこで段ボールハウスの住人たちは、女・ルビーを共有物にしようと目論む。元サラリーマン・登喜夫は、ホームレスとなった今でもスーツを着ることが〈最後のプライド〉であり、社会との接点にすがりついて生きていた。ルビーと段ボールハウスから逃げることが、ホームレスという世界から脱出する突破口でもあると希望を託す。しかしルビーはいとも簡単に、裏切りという〈悪意〉を突き付けるのだった。

一方「愛ランド」では、性におけるノーマルとアブノーマルの〈二つの世界〉の線引きは不毛であるかのようなトランス状態が提示される。会社の同僚である女三人は、訪れた旅先で〈キタ・セクスアリスごっこ〉と称して性体験を披露し合うことになった。しかしその性体験は、インセスト、レズビアン、性奴隷市場というように、いわゆるノーマルな領域を超えた体験だった。なかでも一番地味な山本鶴子の性奴隷体験は衝撃的である。一見、悲惨な体験に映るが、男たちの欲望を利用し金を得る鶴子の欲望と、他の二人にも奴隷市場を薦め、その誘いに〈目を光らせ〉ながら乗ろうとする欲望の交錯が、人間の欲望を煮詰めた〈悪意〉となって浮かび上がってくる。

このように欲望に浮かぶ島もあれば、〈大人たちの自分勝手な葛藤〉によって〈底無し沼の上に浮かぶ〉〈珍しい浮島〉もある。「浮島の森」は、谷崎潤一郎と佐藤春夫のいわゆる一九三〇年「細君譲渡事件」に材を得ている。谷崎は「神と人との間」（大12、13）で、佐藤は「この三つのもの」（大14〜未完）においてで双方の言い分を吐露しているが、谷崎と千代子の間に生まれ、佐藤に譲渡された娘・鮎子の心の内を代弁してくれるものは誰もいなかった。その鮎子の〈浮島〉のように運命を浮遊する葛藤を「浮島の森」が代弁している。子供を譲渡する父・北村（谷崎）の〈悪意〉と、ことの成り行きを小説にして世間に晒す赤木（佐藤）の〈悪意〉は、小説家ゆえの無自覚の〈悪意〉であるだろう。なぜなら〈悪人でなければ、小説家にはなれない〉からである。生活と芸術という〈二つの世界〉を行き来する北村と赤木の間で、〈寒暖両性の植物〉のように漂う鮎子もまた、好奇心と〈悪意〉に満ちた大人たちや世間の目から、確実に〈北村譲りの人の悪さ〉を身に付けていった。

同じ世界であるにもかかわらず、あたかも別次元の出来事のように表出するもう一つの世界。常に対を成して寄り添う一方で、互いに牽制し合い、やがて〈悪意〉を生む。その〈悪意〉は魂の救済をも阻むのだろうか。

表題作「アンボス・ムンドス」には、〈悪意〉によって〈魂すら失〉った者がいる。小学校の教頭だった池辺の遺書には、レイナルド・アレナスの一文が引用されていた。カストロ政権下のキューバから亡命した作家・レイナルド・アレナスは、自叙伝ともいうべき『夜になるまえに』（安藤哲行訳、国書刊行会、97・4）で、次のように述べている。エイズを発症し、苦痛に蝕まれた肉体を前に〈肉体は魂よりも苦しむ。なぜなら、魂というものは思い出とか希望とか、しがみつくべきものをいつも見いだすからだ〉と。若い女性教師と不倫旅行に出掛けた池辺。行き先はアレナスの故郷、キューバ。ハバナのホテル「アンボス・ムンドス」に泊まり、文字通り〈二つの世界〉を体感することとなる。〈地球の裏側〉はまさに〈裏の世界でしか生きられない〉二人の安息の地だったが、そんな二人が直面する表側の世界は残酷だった。帰国した彼らを待ち受けていたものは、教え子の死であり、それがきっかけで不倫関係が明るみとなり、非難、軽蔑、罵倒を浴びせられる。死んだ教え子の調査をするうちに、まるで逆「藪の中」かのごとく、発言が皆同じであるという不気味さに〈悪意〉の一端を感じる。アレナスがいうように〈「魂」は、人間を動かすエンジンで、生きるための方策を得るしたたかなところがある〉（対談　桐野夏生×松浦理恵子「文学にとって〈魂〉とは何か」「新潮」05・11）が、その〈したたかな〉魂ですら、〈生きるための方策〉を得られず、〈悪意〉に対しては無防備なのである。〈二つの世界〉に起こる揺らぎや〈ねじれ〉によって〈悪意〉が表出し、魂の救済をも阻む。しかし、地球の表と裏のように〈二つの世界〉＝〈アンボス・ムンドス〉は日常の延長線上に存在している。であるから〈一日前の地球の裏側であなたを待っています〉というメッセージはきっと読者に届くはずだ。それが作品の裏側にいる読者へのせめてもの救済となるだろう。

（白百合女子大学研究員）

『冒険の国』——未来への冒険——

恒川茂樹

『冒険の国』（新潮文庫、05・10）はもともと、巻末の「文庫版あとがき」に記されているように、一九八八年の第十二回「すばる文学賞」の最終候補作となった作品を加筆・修正のうえ文庫に描き下ろしたものである。「桐野夏生」名義での最後のロマンス小説として『真昼のレイン』（サンリオ、86・7）を発表してから、『顔に降りかかる雨』（講談社、93・9）を発表するまでの間に書かれた作品である。雑誌等に未発表ゆえ、当時投稿された原作がどのようなものだったのか確認することはできないが、いくら改稿しているとはいえ、急な場面展開や会話のややぎこちない所に、現在の桐野作品には見られない、当時のまだ粗削りな部分を垣間見せている。

主人公の永井美浜は姉の司津子、父母とともに千葉県浦安市美浜、いまでいえば京葉線新浦安駅北口を出たすぐの地域に住んでいる（なお作品内時間である一九八七年ごろはまだ京葉線が開通していない。新浦安駅開業は八八年）。高度成長の中、東京湾岸の埋め立てと宅地造成、深刻な海洋汚染にともなって元は漁師だった父が漁業権を売り払い、海岸沿いの埋め立て地の新築マンションへの移住を余儀なくされるなど、東京近郊にあってようやく訪れた巨大な経済の波と生活変化のうねりの中でほそぼそと生きている家族の姿が描かれている。美浜の母は魚市場で働き、父は漁業権売却時の補償金で喫茶店を開店するも失敗。その後は安穏と自宅で過ごしている。姉司津子は公務員として、美浜は建設会社の事務員として働いているが両人とも結婚していない。新築のマンションが多数建設された美浜地区には若い子持ちの夫婦が多く移り住んできており、その中で以前から当地に暮らしていた永井一家は明らかに〈浮いている〉のであり、美浜自身の言葉でそのことへの違和感が表明されている。

そういう意味でこの作品は〈バブル前夜〉の〈取り残された人々〉を描いた作品だと言えるのであるが、それは「あとがき」に記された桐野自身による言葉である。また〈美浜にとっては、過去の出来事を永遠に周回する物語でもある〉というように、桐野自身がこの作品で、過去にこだわる人物像を描こうと企図していたことをありのまま語っている。一方で〈バブルは過ぎ〉、〈ほとんどの人間が、取り残されている〉。〈では、何に取り残されたのか。それを考えるのはまた違う仕事になるだろう〉という新しい問いも読者に投げかけられる。また、バブルの前後で同じ時代が続いており、そのような時代に我々は〈取り残されて〉いるのだと示されている。ではいったい何に取り残されているのか、この作品を通じて読み取ってみたい。

美浜は不幸につきまとわれている。大学時代に唯一無二のボーイフレンド英二に死なれてからというもの、乱れた暮らしを続け、ようやく同棲を始めるがご破算にしてしまう。やむなく家に戻れば姉と衝突を繰り返してしまい、何ひとつとして生活に満足しているとは思えない。桐野も美浜を〈輝かしい青春から取り残されている〉と書いており、彼女が人として当然与るべき幸運に巡り合わなかったのだと記している。だが不幸なのは決して彼女だけではない。姉の司津子は美浜と同じように英二の記憶に振り回されながら、年齢的には結婚を焦りつつもそれが出来ないでいる。近所の人から結婚時期を尋ねられるごとに〈放っとけ〉と毒づくのも三十六歳ともなれば毎度のことだろう。また、美浜の父も喫茶店の経営に失敗し、無収入となった。妻が稼ぐお金で生活できるとはいえ、すでに家長としての威厳を喪失している。〈生きがい〉として始めた彫刻も司津子に〈生涯学習〉と揶揄されるが、ただ〈憮然として〉やり過ごすしかない。そもそも彼が彫刻に凝りだしたのも、創作に没頭して他のことごとを考えないようにするためだと考えるのは穿ちすぎだろうか。また、永井家の部屋の直上に住む宇野美也子も、夫と〈別れるかもしれない〉と言いながら〈険悪〉な夫婦生活を営んでいる。〈もうディズニーランドがあれば、それで生きていける〉と言うほどに仕事に入れ込んでおり、ディズニーランドでの仕事は美浜の父にとっての彫刻のような、現実を直視しないための逃避行動といえるだろう。英二の兄である恵一も、結婚し子どもを二人授かっている身だが、美浜にもらしたのは、英二が自殺したがために自らが被った迷惑や、不本意に選ばざるを得なかったキャリアへの恨みである。このように本作の登場人物たちはどこかしらに不幸を抱えていて、それが作品全体としての暗い印象を醸し出しているのである。

だがこのような状況にあって、美浜だけが半ば自暴自棄になりかけている。それには彼女が〈消去法的に〉選んだ、現実／現在との関わり方が深くかかわっている。美浜の父は彫刻をし、宇野美也子はディズニーで働く。姉は男性とデートをし、恵一は家族とともに時間を過ごしている。それが彼らの〈生きがい〉となっているのであり、現在という時間のやり過ごし方である。一方で美浜にとってのそれは、〈過去の出来事を永遠に周回する〉ことであったというべきだろう。いまを生きるための糧を、自らの過去をえぐることに求めてしまったからこそ悲劇は起こったのである。英二が自殺した際にどのように自分が噂されていたかについて、今となってはどうでもいいことなのであり、それを追求することは司津子に言わせれば〈被害者〉を演じていることと同じである。だが美浜は執拗に調べまわる。いまさら自殺現場となった〈どこにでもありそうな踏切〉に行っても状況は変わらない。傷はいやされるどころか拡大するだけである。結局収拾のつかなくなった美浜は栄一をモーテルに誘おうとする。栄一が断ることで事なきを得たが、彼女のベクトルは常に過去へと向いていて〈未来〉どころか現在すら視野に入っておらず、それが乱れた生活を招来しているのだ。

いくら英二を失ったことの反動とはいえ、〈消去法で不快なことを避けていこう〉と決めたことは、美浜にとって自らの首を絞めることでしかなかった。彼女が三年間も同棲していた柴田との生活が結婚に結びつかなかったのは、〈新しい生活の建設をまるで信じていな〉かったからなのである。また、彼女の口からはしばしば自らの家族について〈夢や計画など未来に通じるイメージはないし、消滅に向かうしかない〉と語られる。職場で長電話する相手の由佳子は〈いつも近未来のことしか頭にない〉のだが、これに対して美浜は〈過去を振り返ってばかりいる〉。彼女は失意を恐れるあまり、〈未来〉に少しでも不幸になりうる要素が潜んでいるようなら、それを信用できなくなってしまうという、極端にかたくなな思考に落ち込んでしまっていたのである。

桐野が〈取り残されている〉と語ったことの意味は何か。〈取り残され〉るとは、あるものが本来あるべき場所になく、元の場所に残されたままの場合をいう。それを「時代」に当てはめたとき、先行する時代に〈取り残されて〉しまったのは人々の心や、気持ちの支えとなるような記憶だったといえる。時代だけが進んで心は置いてけぼり、まさに美浜の置かれた状況そのものである。それは作中人物だけでなく程度はともかくとしても、我々〈ほとんどの人間〉に該当すると桐野は警告する。本作で描かれたのは、そうしたバブルに向けて膨張する経済に反比例するようにしぼんでいく、人々の〈未来〉への絶望だったのである。「夢の国」で知られるディズニーランドにあてこするようにつけられた「冒険の国」というタイトルには、まさにこうした状況の中で生き続けていくことへの困難が表出されている。桐野がそうした〈冒険〉の中で本作を著し、多数の読者も文学的カタルシスを求めてテキストに向かう。文学作品はそういった意味で、一つの〈冒険の国〉を作り上げているということも出来るだろう。はたして我々が〈冒険〉を終えた時、眼前にはどのような光景が広がっているのだろうか。

（新刊書店店員）

『メタボラ』――メタボリズムの実践――

明里千章

『メタボラ』は「朝日新聞」（'05・11・28〜'06・12・21）に十三ヶ月にわたって連載された。『魂萌え』（'04・1〜12、「毎日新聞」）に次ぐ桐野夏生にとっては二度目の新聞連載小説で、全十章、七百頁余の長編である。一九六〇年代の東京オリンピックの頃の、古い建物を壊して新しいものを作る「新陳代謝」を意味する建築運動「メタボリズム」を知った桐野は、〈ちょうど細胞が剥がれ落ちて、新しい細胞が生まれるというイメージ〉が気に入り、「メタボラ」という造語をタイトルにした（対談「「格差」をどう描くか」'07・8「文學界」）。

最近の若い男の子は、性的な感じがなく、妙に優しく、攻撃性がなく、とらえどころがなく、〈新しい人類が出てきたのかな〉（「人類の「新陳代謝」を直感」、'05・11・22「朝日新聞」夕刊）というのがこの小説のモチーフである。新聞小説は〈短いけれど、全体の紙面の中で非常に印象の強い欄。この中で自分の小説をどう生かすか結構難しいけど楽しみ〉とも述べ、桐野は自身の「メタボラ」も目論んでいるようである。女性を主人公に描いてきた桐野ははじめて男（しかも二人）を語り手（視点人物）として主役に据えた。これもその試みの一環であろう。

連載の二〇〇六年頃は小泉、安倍政権下、派遣労働の規制緩和等により格差拡大が顕現化していった時期であった。時代は、〈小泉政権下の「痛みを伴う」改革を支持し、〈冷たいけれど自由な社会〉を受容しようというモードから、その「痛み」に耐えられず（かといって対案もなく）「とりあえず悲鳴をあげる」モードへと移行しつつあった〉（宇野常寛「解説」『メタボラ　下』'10・7、朝日文庫）。桐野は連載に際して、定職を持たず、暢気に貧乏を楽しむ若者層が増加していることに注目して、〈雇用の崩壊から始まった現象は、資本主義社会の終焉の姿だろう〉（「作者の言葉」、'05・11・20「朝日新聞」）と述べている。朝日新聞という発表メディアを意識してか、あるいはその舞台を活かして、雇用システムの問題を足掛かりに現代日本の姿をリアルタイムで描こうとした社会派小説の試みであった。

連載終了後には、本作は〈どこにも属さずに流れ、たゆたい、いわゆる貧困層を形成している者たち〉、〈ことごとく希望を潰されながらも必死に生きる、若者の愛と絶望の物語〉（「必死に生きる若者たち」、'06・12・26「朝日新聞」夕刊）であると一定の達成感をのぞかせたが、反省も口にしている。〈気になるんで社会的なテーマを取り上げちゃうんだけども、あんまり大きなテーマに挑むと、小説的にはあんまり動かなくなるという反省〉があり、〈やっぱり近場から、ちっこいとこから掘っていこうって思いますね〉（前出：対談「「格差」をどう描くか」）と述べている。また同対談で、途中で〈失速〉したことや、連載中に家族から〈行き詰まってる〉、〈話が動いてない〉といわれたことを正直に告白している。

たしかに桐野のいうように、途中の失速感は否めないが、冒頭〈必死に逃げていた。〉ではじまる〈第一章　他人の夢の中で〉は疾走感のある導入部である。記憶喪失の〈僕〉は、沖縄本島ヤンバルの森で出会った伊良部昭光に〈ギンジ〉と名付けてもらい、〈へ　〉が取れた〈僕〉になる。昭光も〈ジェイク〉と呼び名を変えて、二人は何かから逃げて人生を〈リセット〉しようとする。記憶喪失の謎（解き）が物語を牽引していく。

記憶喪失という装置は巧みで、何も覚えていない男の目に映る現代日本はだからこそ現実そのままの姿ということになる。桐野は舞台を沖縄に設定した。ゲストハウスを主宰する釜田はいう。〈沖縄って日本の感じがしないんだ。アジアに繋がってるっていうかさ。アジアと日本を結ぶ中継点なんだ〉。この距離感を利用して、沖縄に流れ着いた若者の眼に映る現代の「格差」を浮き彫りにしようとするが、〈第三章〉あたりから失速してくる。綿密な取材を活かした丁寧な描写はかえって、物語のドライヴ感を削いでしまったようだ。

桐野はそんな自分の癖を心得ている。〈物語の時間を追って詳しく書くのが好き〉で、〈小説中の時間の流れを不必要と思われるほど丁寧に書〉き、〈情景の変化や人物の動作も具体的に描写せざるを得なくなる〉（「わたしは律儀」『白蛇教異端審問』'05・1、文藝春秋）という。桐野は取材で思い入れのある沖縄編で描写に集中し、物語の展開にブレーキがかかったのであろうか。その原因究明のためには、断続的に同時並行で連載している『東京島』（'04・1〜'07・11「新潮」）の影響も勘案すべきであろう。

しかし、いわゆる東京編の〈第八章〉からギアチェンジしたように、〈近場から、ちっこいとこから掘って〉いったからか、俄然リアリティが増してくる。家庭崩壊とネグレクトを描いた〈第八章　デストロイ〉、派遣労働と搾取を映した〈第九章　イエローランプ〉における、記憶を取り戻した〈香月雄太〉の独白は、高ぶることなく、事も無げに淡々としていて、だからこそ問題の根源を静かに暴いていく。沖縄編のような空間的広がりはないが、日常に根ざした確かな筆致は単に家庭事情に留まらぬ、現代日本の抱える問題へ深化していく。この閉塞感を描ききった静かでスリリングな描写力に桐野の真骨頂を見る。まさに〈近場から、ちっこいとこから掘ってい〉くディテールこそ小説であるとあらためて教えてくれる二章である。

〈第八章〉の壊れていく父親の描写は切なく滑稽である。母の家出から、〈父は急速に崩壊の速度を速めていった〉。〈父を破滅に向かわせた原因は母にあるかもしれない〉。自壊する父のひ弱さに比べて、母は揺るがない。家を出た母の、家族から解放された〈脳天気〉ぶりはネグレクトされた子どもの神経を逆撫でする。子どものことより自身の自由を優先する母の生き方は父親と同じネグレクトであるのだが、陽性であっけらかんとしていて罪の意識が皆無だから、むしろそれが当然のように思え、この鉄面皮の生き方には魅力さえ感じてしまう。このあたりの桐野の筆は弾んでいる。是枝裕和監督の『誰も知らない』（'04）の母親役ＹＯＵのように明るく我が道を行くのである。大学をやめて、妹を高校卒業させるために尽力した雄太であったが、実は〈三歳違いの妹は、僕を労り、守り、心配してくれる唯一の人間〉で、〈保護者のような妹がいなくなった僕は、途方に暮れた〉。桐野は母と妹を描き、男がいかに女に依存して生きているかを映し出していく。

沖縄にやってきた〈見届け屋〉に呼びかけられて、年齢不詳の〈磯村ギンジ〉は〈八月で二十六歳〉の〈香月雄太〉に変わる。そのとき、僕はだから〈見届け屋〉に雰囲気が似ている〈香織さんに会ってから急に、記憶を取り戻し始めたのだ〉と納得する。雄太を動かすのはいつも女性である。決定的で分かり易いのが、〈雄太を内包したギンジの新たな日〉が訪れる最終章〈第十章　ズミズミ、上等〉。家族はもとより周囲に対して〈憎しみ〉〈恨み〉〈嫌悪〉〈嫉妬〉〈羨望〉〈引け目〉という〈負の暗い感情〉の中で生きていた雄太が、〈人格が巨大化して、〈僕は何でもできる〉〈強烈な自信〉、〈寛容〉を身につけるきっかけはリンコだ。リンコに告白されたギンジは〈ゲイ〉で女に興味がないと応えるが、リンコに〈ゲイだって、女にキスくらいできんだろう〉と凄まれる。この強要されたキスはメタボリズムを進行させ、〈新しい「僕」〉に脱皮させる。まるで白雪姫である。

桐野の描く女は磯村ミカから母までみな魅力的なのに引き替え、昭光から父まで男は存在感が薄く、やはり桐野夏生は女性を描く作家であるという平凡な結論になってしまうのか。ヒロイン清子のメタボリズムを描き、自身も「メタボラ」を試みた『東京島』と比較検討する必要がありそうである。ともあれ、この時期、自らのメタボリズムをめざしたことは桐野夏生にとって必至のチャレンジであった。

（千里金蘭大学教授）

『東京島』――「わたしのママは凄い人」――片岡　豊

『東京島』（04・1～07・11「新潮」に断続連載。新潮社、08・5）は、作者自らが「（戦時中に女性1人と男性多数が取り残された）アナタハン島事件も踏まえ、なるべくグロテスクな設定にしようと思って……」（「朝日新聞」夕刊、04・6・7）と語っているように、戦後まもなくセンセーションを巻き起こした歴史的事件を手掛かりとした漂流物である。とはいえ、もちろんそのドキュメントではありえず、作者の想像力が自在に繰り広げられる現代日本の漂流記なのだが、『ロビンソン・クルーソー』（デフォー）や『十五少年漂流記』（ヴェルヌ）などの漂流記や、無人島に理想郷を建設しようとする『ユートピア』（トマス・モア）、さらには『大菩薩峠』（中里介山）などの物語が、その時代の、あるいはその時代の社会構造のアレゴリーであったように、現代人の本質的ありようや、現代日本社会の寓話であるとまずは言っていい。

クルーザーで世界一周の航海に出たものの、僅か三日目に嵐にあって遭難し、フィリピン近海にあるとおぼしい無人島に漂着した元銀行員隆とその妻・清子、彼らの無人島生活が始まって三ヶ月後、与那国島の辛いバイト生活から漁船で脱出したのもつかの間、やはり難破して隆・清子夫妻に救出された二十三人の若者たち。彼らは「無人島で助けが来ないことを除けば、楽園とも言えなくもな」いこの島からの脱出がほとんど不可能であることに気づくと、とりあえずは飢えずに生きていける環境のなかで島に「トウキョウ」という名を与え、みなが集まる場所は「コウキョ前広場」と名付け、流れ着いた浜は「オダイバ」、そして不法投棄された数多くのドラム缶が転がっている浜は「トーカイムラ」と名付けられていく。「ものに名前が付けば、意味が生まれ、認識され、世界が確立する」。その「トウキョウ」と名付けられた世界で、若者たちは気のあった者同士で集住し、「シブヤ」「ジュク」「ブクロ」、あるいは「キタセンジュ」といったそれぞれの場所でそれぞれの暮らしを形成していく。一方で集団の中の嫌われ者のワタナベは「村八分」にされて「トーカイムラ」に追いやられるのだ。その後、日本へ密航する途中でこの島に遺棄された「ホンコン」と呼ばれるようになる十一人の中国人たちとは一線を画し、島からの脱出やサバイバルへのエネルギーと工夫を隠さない彼らに対して、若者たちは「趣味」を見出し、自らの生活に自足する。こうした「似非東京」の人びとのありように、争いを避けて〈内向き〉に生きる現代人の影絵を読者は容易に見出すことができるだろう。

しかし「トウキョウ島」がいかに豊穣の島ではあっても、島の暮らしにうまく適応できない隆が「サイナラ岬」から身を投げ、暴力的権威で清子の二人目の夫となった元ヤンキーのカスカベが不審死し、「三十二人の島民中、女は清子たった一人」という状況は、飢えへの懸念からとりあえずは解放され、ひとたびそれぞれの原初の欲望までもが解放されるとき、安定的な世界をもたらすことはない。島でもっとも物持ちであることを背景に、そして自らの性を武器に君臨していた清子も、男たちの自己保身のたくらみによって「籤引き」で次の夫を決められるという屈辱を味わわなければならない。清子は、その屈辱からの脱出を彼女に興味を示していたホンコンたちのリーダー・ヤンに託すのだが、ヤンたちが作った船での脱出行も外洋には出られず、再び「トウキョウ」に漂着することになってしまう。こうした企みと企みとの闘争の中で力関係は転変し、共同体は揺れ動きつつ、さまざまな不安定要因を抱えながらもまがりなりに維持されていく。このような「トウキョウ」の権力闘争のありようにも、さまざまな欲望が解放され、選択の自由が確保されているかに見える現代日本社会のいたるところに見られる荒廃を、読者は見届けることになるに違いない。かくして『東京島』は、数々の古典的名作に確かに連なる快作というべき現代小説たり得ているのだ。

とはいえ、『東京島』を通読する読者は、古典的名作とのさまざまな異なりを発見することになるだろう。それは語りの重層性によってもたらされていると言っていい。

清子を視点として「夫を決める籤引は、コウキョで行われることになっていた」と語り始められる『東京島』は、第二章に至ると語り手はワタナベに寄り添い、その語りに隆の航海日誌が引用される。第三章では清子とともに、この島に寺院を作るマンタさんへと視点は転換し、第四章で語り手は、ワタナベ、清子、そして清子の四番目の夫である森軍司（ユタカ）、さらにはオラガの視点に寄り添う、という具合だ。そのなかで時間は相前後しつつ螺旋的に進行し、またそれぞれの島民たちの過去の事実が明らかにされて、漂流記としてのおもしろさを超えてなお一層現代小説の相貌を示していくことになるのだ。そして読者を大いに幻惑させることになるのは、最終、第五章の語り手が、今もなおトウキョウ島に暮らす「ぼく」＝「森・オルテガ・チーター」であり、今は「東京は港区にある、偏差値七〇台の私立中学に通う、ごくごく平凡な十三歳」の「あたし」＝「林千希」であることだ。

父親がユタカであるのかヤンであるのかはっきりしない子を妊った清子は、それを逆手にとり、ワタナベの脱出成功にあれこれと揺れ動く島民たちを尻目にサバイバルを図っていく。その清子は、台湾に向かう途中で座礁してこの島に流れ着き、ヤンたちをうまくあしらいながら脱出の機会を待つフィリピンの女性ボーカルグループの女たちにケアされながら双子を出産し、やがて彼女たちの内輪の争いをくぐり抜けて息子のチーターを島に残すことにはなったがトウキョウ島からの脱出に成功、三年ほど中国で過ごした後、今は占い師・林きよことして東京で新たな暮らしを始めて早や十年程が過ぎている。

トウキョウ島に取り残された「ぼく」は、「王子には双子の姉がいました。その子は、チキと名付けられた美しい赤ん坊でした。二人で一人というくらい、そっくり二人だったのに、姉弟は引き裂かれてしまいました。清子もチキも、海の藻屑となって消えてしまったのです」という新たな神話とともに知意太王子として大切にされている島の様子を語っていく。そこには「尊い死者が築いてくれた」「繁栄と平和」が「大きな島に行ってみたい」という脱出への願望が隠蔽されてもいるのだった。一方、「あたし」は「堂々としててカッコいい」「六十過ぎ」のママから遭難してから今に至る話を聞かされる。トウキョウ島の新たな神話に虚構と隠蔽とがあるように、清子が語って聞かせるトウキョウ島からの帰還譚は清子に都合よく語られていく。そして「そこにはどうやって行くの」というチキの問に「わからないわ、行き方も帰り方も何もかもわからないの。今では、本当にあったことなのかもわからなくなってきた」と応ずる清子。かくして「誰が何と言っても、あたしのママは凄い人だと思います」というチキの言葉で『東京島』は閉じられる。

「ぼく」の語る世界と「チキ」の語りの間に、男たちの企みと闘争に対して「自己正当化」「ご都合主義」的に生き延びていく清子の物語が改めて浮上してくる。『東京島』に先行する『残虐記』（新潮社、04・2）の「私」は「十歳の私が、持てる知恵と体力と意志と、ありとあらゆる能力を総動員して生き抜こうとした経緯を何とか表したい」と語っていたが、『東京島』もまたそうして生き延びた「凄い人」のありようを示すことで、男／女の関係性を徹底的に相対化していく。それは古典的漂流記を相対化することでもあったのである。

（前・作新学院大学人間文化学部教授）

黄泉の国の女神イザナミ――『女神記』――千葉俊二

この（二〇一三年）四月に「暗黒物質が原因だとしてもおかしくない現象を観測」というニュースが流されたが、五月五日「朝日新聞」の社説欄に「暗黒物質　宇宙は謎に満ちている」という記事が掲げられた。「天動説から地動説へ、コペルニクスは中世の常識を覆した。それと並ぶ宇宙観の転換に、私たちは立ちあっているようだ」と書き出され、この宇宙は暗黒物質《ダークマター》と暗黒《ダーク》エネルギーに満たされているという。私たちの地球や太陽系は「天の川銀河」に属しているが、この銀河は高速で回転しており、その遠心力で飛び出さないのは、銀河全体の質量にもとづく重力で引きとめられているからだ。が、星々の重さや光らない惑星やブラックホールまでかき集めても、その質量が軽すぎ、正体不明の暗黒物質や暗黒エネルギーというものを想定しなければならない。最新の観測では、宇宙のなかで原子や分子といった既知の物質は全体のわずか四％だという。

この記事を読みながら私は桐野夏生の『女神記』を思い浮かべた。この作品は二〇〇八年十一月に角川書店から書き下ろし刊行されたが、『古事記』に語られたイザナキ、イザナミの神話的世界を、昼と夜、光と闇、男と女、陽と陰、生と死などと気宇壮大な物語に焼き直し、いわば二十一世紀の現代にリメイクされた神話である。ヤマトのはるか南の多島海の海蛇島の東側にはキョイド、西側にはアミィドと呼ばれる成人した女性しか入れない聖地があり、前者は島で一番高位の大巫女の住む聖なる場で、後者は島で死んだものが運ばれてゆく死者の広場だった。この島の大巫女の家系に生まれた姉カミクゥが、陽としてキョイドに仕える昼の巫女となるのとは対照的に、この物語の語り手である妹のナミマは、陰としてアミィドにこもって死を司る夜の巫女となる。

　カミクゥが十七、ナミマが十六のとき、祖母の大巫女のミクラ様が亡くなった。大巫女の死とともに、アミィドを守っていたその妹のナミノウエ様も死ななければならず、カミクゥとナミマがその跡を襲うことになる。その代替わりの儀式の折、「島の掟を改めて伝えおく。大巫女の家に生まれた、巫女から一代おいた長女は、光の国に仕え、次女は闇の国に仕える。（中略）長女は島の昼を、次女は島の夜を守り、島の海底を統《す》べるのが務めである。島の夜とは、死者たちの住む世界のことだ。長女は大巫女の血を絶やさぬよう、娘を産み続ける。次女は一代限り、男と交わってはならぬ」と島長《しまおさ》は申し渡す。これはナミマによって体現された陰と夜と闇と女と死の物語、未知なる暗黒エネルギーの存在を予兆させる不可思議な魅力をもった神話的空間を暗示している。

　死の巫女となることを嫌ったナミマは島の掟を破って、呪われた次位の巫女の家系のマヒトと関係をもち、その子を身籠もる。ふたりは遙か北にあるヤマトをめざして脱出するが、その途中、船中で娘の夜宵《やよい》を出産。しかしヤマトを目前にしたとき、ナミマはマヒトによって首を絞められて殺された。死んだナミマは黄泉《よみ》の国へ赴き、その国を支配する女神イザナミに仕える。イザナミはイザナキとともに、大八島国ヤマトをはじめ多くの神々をも産んだが、火の神カグツチを産んだときホトを焼かれて死に、黄泉の国を支配する女神となった。イザナキは黄泉の国に行ってイザナミを連れかえろうとするが、見てはいけないというイザナミの腐り果てた姿を櫛の歯に火を灯して見てしまう。恥を掻かされたイザナミはイザナキを追って黄泉《よもつ》比良《ひら》坂《さか》までできたが、イザナキによってその入り口を千引の大石によって塞がれてしまう。イザナミはこれから人間を一日に千人を縊《くび》り殺すというと、イザナキはそれならば私は一日に千五百の産屋を建てようといった。

著者は筒井康隆との対談（二〇〇九・一「野性時代」）において、「（沖縄の）久高島《くだか》では、死んだ人の棺はそのまま朽ちるに任せて、女性たちが四十九日のあいだ、生き返ってこないか見ていなければいけないという風習」があるといい、海蛇島を描くヒントにしたことを明かしている。ミクラ様とナミノウエ様の姉妹の物語がそのままカミクゥとナミマの姉妹の物語に重なり繰り返されるように、多島海の海蛇島の物語はそのままイザナキ、イザナミのヤマトの国の物語に重なるといったように、この作品は幾重にも積み重なるなフラクタルな構造をもっている。イザナキ、イザナミの物語では生と死とが男女の役どころに分けられているが、カミクゥとナミマの物語ではそれが姉妹によって分担される。が、マヒトが海蛇島へ戻ってカミクゥと結ばれるという物語の展開に照らすならば、基本的に同一な物語の構造をもっており、海蛇島においてキヨイドとアミィドの東西の横軸として語られたものが、イザナキとイザナミの物語では地上と黄泉の国という上下の縦軸において語られている。

物語の後半はマヒトに裏切られたナミマと、イザナキに恥辱を嘗めさせられたイザナミとの復讐劇である。黄泉の国へ赴いたナミマは、そこを支配している女神イザナミと出会う。「私とイザナキは夫婦となって交わり、懸命に国産みをした。同じ仕事をしたのに、なぜイザナキは関係ないとばかりに、陽の当たるところにしかいないのか」「しかも、イザナキは新しい妻を次々と娶《めと》って、新たな命を産んでいるという。ナミマ、わかるか？私は女神であることが悲しいのだよ」。イザナミの怒りや悔しさや悲しみは、闇の世界に押しこめられた女性の偽らざる憤りの嘆息なのだろう。マヒトと娘の夜宵のその後が知りたいナミマは、イザナミに一匹のスズメバチに化身させてもらって海蛇島へ向かった。マヒトはカミクゥと結ばれ、マヒトの妹として育てられた夜宵が、いまでは闇の巫女となっていることを知ったナミマは、マヒトの眉間へ一撃をくらわせ殺してしまう。

一方、イザナミから逃れたイザナキは、身を浄めた後にアマテラスなどの神々を産んだが、八岐那彦《やきなひこ》という人間の男となってヤマトじゅうを巡り、女に子を産ませてきた。ここからは『古事記』に記された神話を離れたまったくの桐野ワールドの想像世界だが、いま八岐那彦は多島海の入り口にある天呂美島《あまろみ》という島長の娘、真砂姫に再会しにゆくところである。天呂美に着くと真砂姫はイザナキとの子、珊瑚姫を産むと間もなく死んだという。それはイザナミの怨みによって、イザナキと関係を結んで子をもうけた女は次々と縊り殺されるのだった。そのことを知った八岐那彦は従者の宇為子《うなし》と刺し違え、八岐那彦の魂は限りある命の人間としての宇為子となったが、海蛇島で夜宵と出会い、思わず「あなにやし、えをとめを」（ああ、何ていい女だろう）と、イザナキがはじめてイザナミに会ったときの言葉を口にする。

ここにこの作品は人間と神々の世界が奥深いところで交錯し、人間は神々の行為をなぞるに過ぎないことが暗示される。イザナキは宇為子となって再び黄泉の国へ赴き、イザナミと対峙する。「イザナミ、私が悪かった。あなたがお産で命を落としたというのに、思いやりもなく、自分の悲しみだけで行動した。まことに、浅はかで愚かで思い上がった男だった。だから、神をやめた」とイザナキはイザナミに謝り、限りある命をもつ人間として黄泉の国へ入ったイザナキは、すべてを受けいれながら死んでゆく。「私はイザナキに勝った」とイザナミは凱歌をあげながらも、イザナキが人間になったことを激しく怒り、黄泉の国の女神として一日に千人の死者を決めることをやめず、ナミマもイザナミに仕えつづける。「イザナミ様こそが、女の中の女、イザナミ様の蒙《こうむ》られた試練は、女たちのもの」とナミマはいうが、時間的にも空間的にもフラクタルな構造をもつこの物語は、太古の神話であると同時に、現在につながる物語でもある。有史以来、男が築きあげた世界などは、宇宙のなかでの既知の物質と同様にたった四％程度なのだろう。残りの九十六％は暗黒物質・暗黒エネルギーと同じように、女のうちなる未知の闇の部分に隠されているといえるのではないか。

（早稲田大学教授）

『IN』が抹殺したもの——波瀬 蘭

今年二〇一三年の夏、山口果林が『安部公房とわたし』（講談社）を出し、壮絶な手記として各誌で話題となった。当時ノーベル賞候補でもあった作家安部公房は九三年一月、彼女の自宅で倒れ、還らぬ人となったのだった。作家と関係を持った女性たちはその関係を自ら暴露しないではいられないようで、吉行淳之介についての大塚英子『「暗室」のなかで』（河出書房新社、95・6）や福永武彦についての山科冬穂『愛の遠景』（河出書房新社、92・9）など読むに堪えないようなものが多く出されている中では、山口果林の場合は二十年も黙し続けていたことと、彼女自身の知名度（に加えて、なるほどだから表舞台から消えていたのかという納得と、親密の度合いを存分に示す口絵写真の衝撃、それが促す同情など）もあって話題性は大きかった。〈二人の愛は、なぜ秘められなければならなかったのか?〉（新聞広告）を語ったという本書は、福岡伸一が〈透明な存在にされた著者の、ようやく到達できた切実な自己回復の書として読んだ。彼女には覚悟があるのだ。〉（「朝日新聞」9・15）と評したように、前二著に比してその意義は大きいのだが、そこには立ち入らず、作家の恋愛というものがかくのごとく本人も暴露してしまうし、周りも黙っていられなくなるものであることを確認しておきたい。古くは田山花袋の岡田美知代や徳田秋声の山田順子から始まるそれらは、作家評伝や文壇ゴシップの格好のネタだからだが、相手もまた知名人であればよりゴシップも大きくなるし、ましてや彼女が物書きであれば自身でそれを書いてしまうこともあるわけだが、そんな中で島尾敏雄の不倫については、事件そのものが『死の棘』（新潮社、77・9）に描かれ（と言っても実はほとんど間接的なものでしかなかったが）ミホ夫人を狂気に陥れた契機として遍く知れわたっていながら、当の不倫相手の女性が誰であるのかが、当時はもとより今にいたるもいまだに不明である（誰も語ろうとしない）ということが、極めて例外的であり奇異なこととして、興味深いはずだ。なにしろ『死の刺』は、たとえば〈島尾敏雄の代表作であるとともに、日本における戦後文学の代表作〉（助川徳是『鑑賞日本現代文学29』角川書店、昭58・10）といった高い評価を受けている作品であるのだから。『死の棘』の異常さも怖さも、そこに描かれた男女の愛のそれに加えて、そのモデルが不明であるということにもよると言えるほどである。

こんな枕を振ったのは、もちろん桐野夏生の『ＩＮ』（集英社、09・5）が『死の棘』を下敷きにしているからに他ならない。自身の愛人であった編集者阿部青司との関係でも同じ〈恋愛における抹殺〉というテーマを追求しながら、緑川未来男という文学史的な作家の文学作品のモデルをめぐって〈恋愛における抹殺〉をテーマとした「淫」という小説を書こうとしている女性作家鈴木タマキを主人公とする『ＩＮ』は、〈小説を愛し、小説を一緒になって作り、小説世界に魂奪われる者。編集者と作家は、至福の時もあれば、憎しみも深い。それは、まるで恋愛にそっくりだった。〉という二人の関係を通して、〈恋愛の抹殺〉というテーマが必然的に小説なるものの意味を問うメタフィクション的なものになっていく深みを見せる。それはまさしく『ＯＵＴ』（講談社、97・7）によって外に向けられたベクトルを真逆に、人間／作家／小説なるものの内面へと向け直していった結果であろうが、かくして『残虐記』（新潮社、04・2）や「浮島の森」（05・2、『アンボス・ムンドス』文芸春秋、05・10所収）といった作家を主人公にした作品系譜の中で、続く『ナニカアル』（新潮社、10・2）という集大成に繋がる大事な作品に『ＩＮ』はなるのだが、そのテーマを誘い出す『ＩＮ』という作品の作中作「淫」、その中に取り入れようとする緑川の作品、という入籠的メタ構造の中心に位置する『無垢人』というのが、島尾の『死の棘』をモデルにしている作品なのである。

ところでその『ＩＮ』の文庫版（12・5）が出された際、〈編集部からであろうが）解説用にわざわざ『ＩＮ』と共に『死の棘』を送られた伊集院静は、〈『死の棘』を三月中旬までに読んだ。後者は気が滅入った。〉と素朴な感想を披露したあげく、〈『死の棘』と関りを持つらしき旧作の中の生存者が何であろうが〉という、〈旧作〉〈生存者〉という意味不明の言葉を持ち出したあげく、〈『ＩＮ』とこの作品の関りはわからぬでもないが、私の狭量な力で無理に関係性を持たせるとおかしなことになりそうなので、それは書かないことにした。〉と締めくくる「解説」を書いている。またそれ以前に〈『無垢人』は檀一雄の『火宅の人』を彷彿とさせる〉（鴻巣友季子「週刊現代」09・6・27）という、『死の棘』の存在への無知を漏らして憚らないような書評もあったので、〈遍く知れわたっている〉などと書いてはいけなかったのかもしれないが、『死の棘』を知っている読者なら当然〈緑川には愛人がいて、その存在を知った妻は激しく嫉妬する。『無垢人』は、その修羅の日々を赤裸々に描いた小説なのだった。〉とされる『無垢人』という作品が『死の棘』であることは分かるはずであり、『ＩＮ』と島尾敏雄の『死の棘』の繋がりは〈無理に関係性を持たせる〉なんてことをしなくとも、前述したとおりの作家と愛人の関係が島尾のそれと重なるものである以上、歴然としているのだ。そしてこれも前述したとおりその愛人の正体が不明なわけだが、〈タマキは、「〇子」の正体が知りたい。『無垢人』では「〇子」と書いてあるだけで、名前も職業も、どんな人間かもわからないのだ。しかし、何度か緑川の家に現れ、妻の千代子とやり合ったりするから、「〇子」には薄気味悪いほどの存在感があるのに、何もわからないのだった。〉ということを問題にし、〈〇子〉の正体を追求することで、読者には島尾の愛人の謎に迫りうることにもなる、優れてミステリアスな作品となっているのである。この点似たような（著名な作家をモデルとしてある種の謎解きを進める）作品として臼井吉見の『事故のてんまつ』（筑摩書房、77・4）があったが、そして『事故のてんまつ』の場合には実名で、死者の名誉を損ないかねない、モデルというよりもモラルが問題になる作品だったが、それにしても日本的抒情のレッテルを貼られることで、その文学の本質の部分が覆われていた川端康成について、後に〈魔界〉という言葉でクローズアップされるような側面があったことを注目させたという大きな役割を果したことを思い出させる。しかし『事故のてんまつ』の場合には、主人公の鹿沢縫子に臼井の毛脛が見えるという形で揶揄されたように、文学としての作品そのものの質は『ＩＮ』に遠く及ばない。

ところで桐野は島尾ミホが亡くなった後にわざわざ島尾家を訪ねその膨大な日記を見せてもらってい（て、それが本作にも影を落としてい）るし（「記録と履歴に埋まる」「新潮」09・1）、島尾敏雄についての講演（11・10・15）を引き受け、そこでは『死の棘』について〈戦後文学の最高峰だと思っています。〉（「島尾敏雄の戦争体験と3・11後の私たち」「新潮」12・1）と語っていた。そしてそれが一時的な関心あるいは聴衆への阿りでなかったことを明かすように、〈桐野さんが心の拠り所とするような、日本文学の作品とは何でしょうか？　もしくは、昔に読んだことを思い出して、時折もう一度読んでみようという気になる作品などは、ありますか？〉（『ロバートキャンベルの小説家神髄』ＮＨＫ出版、12・2）と尋ねられた際に、〈私の場合は、残念ながら近代クラシックスの中にはあまりありません。〉としたうえで、谷崎潤一郎、江戸川乱歩、林芙美子、と並べて〈『死の棘』の島尾敏雄、そんな方々でしょうか。〉と答えている。こうした島尾敏雄への桐野自身の深い関心と愛着とが『死の棘』の核心の謎への肉迫を可能にさせたと言えよう。

しかし〈○子〉の正体はついにわからない。編集者も「「僕の方も、同人誌関係とか存命の人に当たっているんですけど、みんな口が堅いです。あの『無垢人』に関しては何かタブーがあるんでしょうかね」〉と言い、タマキも〈関係者の口は堅い。有名な小説なのに、なぜ〇子について言及する者が誰もいないのかが不思議〉だと思っている。その〈小説に書かれるだけ書かれて、その後をどう生きたの〉かわからない〈『無垢人』によって有名にはなっても、実体は皆目わからない、幽霊のような存在になって〉いる在り方は、まさに〈緑川は、小説上で抹殺を行なった。〉と言えるものである。その時、『ＩＮ』のテーマとして謳われている恋愛の涯に抹殺されるというそのことは、冒頭に引いた福岡の言葉で言えば山口果林が〈透明な存在にされ〉てしまう、という事態に他ならないのであり、彼女が〈自己回復〉を目指すように、それができない〈〇子〉をタマキは回復させようとしている。あるいはその涯に島尾敏雄の『死の棘』のモデルの回復も図っているのだと言える。

しかし作品はそれを果たさせない。あるいはそのことでタマキ自身の回復を果たさせない。〈〇子〉はついに謎のまま終わり、作品は書く者の無明地獄を思わせる〈緑川の日記と格闘する千代子と自分は、永遠に真っ暗な洞穴に閉じ込められたのかもしれない〉というタマキの〈取り残された不安〉が示されて終わる。『ＩＮ』は〈〇子〉の謎を解明しないままに終わり、そこが『死の棘』の核心の謎だと思い謎の回復を願って読んできた読者はサスペンス状態の中に置き去りにされる。それはまるで〈『無垢人』は、皮肉にも陽平の死によって緑川家の物語となり、未来男と〇子の恋愛は抹殺されるのである。〉とあるそのままに、『ＩＮ』の場合には作品がメタフィクションになることでミステリーとして読まれる可能性が抹殺されたということに他ならない。

他の作品が多く現実の事件に依拠しつつそこから離れ自律した作品世界を創り上げていたように、『ＩＮ』は『死の棘』も島尾敏雄も離れて自立しているとすべきだし（その意味では伊集院のようなスタンスの読者がいてもいいのだし）、だから〈〇子〉の謎が解明されないことは決して『ＩＮ』の瑕瑾にならないどころか、桐野が

『柔らかな頬』（講談社、99・4）などでも謎解きを目指さないアンチミステリー作家であったことを思えば、真犯人ならざる愛人の本名が謎のまま終わるのも当然の展開であるとは言えなくもない。そう、『IN』が紛れもない傑作であることは揺るぎないところだが、しかしこのミステリーの可能性の抹殺は、〈○子〉を追いかけるタマキの夢の抹殺でもあった。〈真実など誰にもわからないのだから、作家として別の真実を作り出せ、と言いたいのかもしれない。だが、タマキ自身がどうしても○子が何者なのかを知りたいのだった。〉というのは、作品が三分の二ほども進んだ段階で出てくる言葉だが、〈どうしても○子が何者なのかを知りたい〉というミステリーが〈作家として別の真実を作り出せ〉るというメタフィクションに落ち着くなら作品の展開どおりで違和感はないわけだが、虚構が真実を作り出せるというテーマに行き着いた後でも〈○子〉の正体に執着しているタマキの夢は、他ならぬ作者桐野によって強引に、死んだのではなく抹殺させられているのである。

作品が、と言わずに作者がと言うのは、作者が〈○子〉探しを断念した結果こうなったというわけではなく、〈むしろ、文学史になっていいような話なのに、なぜかなかなか出てこない。でも、最終的にそれらしい人は判明したのですが。〉と言いながらも、〈結局、判明した後に読みましたが、あまりおもしろいとは思えなかった。〉として、判明した〈○子〉本人（その真相）の魅力の無さで書かなかったというわけでもなく、〈むしろ掘り当てないためにというか、それが事実だと知ったらそっちにはいかないといいますか……そのために調べるという面もありました。〉（「小説すばる」09・7）と述べているとおり、桐野流の事実を離れることで真相に至るという方法論に殉死させられた形で、〈○子〉も、その正体を明かそうとするタマキの夢も、それを楽しみに読み耽ってきた読者の期待も、すべて抹殺させられているからである。その意味でもまさしく『IN』は〈抹殺〉をテーマにした物語だったのである。

（近代文学研究者）

「ナニカアル」――偽装の中の心情――

杉井和子

一、桐野の手つき

初出『週刊新潮』（08〜09）のち新潮社（10-2）。林芙美子を書いたこの題名は「北岸部隊」（38）の冒頭の詩の一節「なにかある……私はいま生きてゐる」から採られた。桐野が「私は最初にタイトルありきで……魅力的な言葉から、何が導き出され、どんな世界を構築するかが自分でも楽しみ」（『はじめての文学』）と語るその題名である。なにかとは擬態とも一瞬の夢とも様々の過去が刺々の麦のやうに……降りかかって来る想念とも記される。特にいま生きてゐると繋がることが重要で、同時代の「生きてゐる兵隊」（石川達三）を見据えた小説の主題ともなる。始めと終わりに置かれた芙美子の係累による往復書簡が、一人称の私が語る中味の、客観的な状況説明を加える額縁となる。手紙による手法は「残虐記」（02）にも見られる桐野得意のもので、日記、実録による心境小説でもありうる。芙美子が多くの小説を日記で綴った動機が生かされたか。林の死後、夫の絵の裏に焼却されずにあった紙袋の中に、自筆紀行文か回想録か、小説か、読む者を怖れさせるようななにかが見つかる。芙美子の不倫の恋と妊娠が明かされる。この謎の解明が読者に興味を抱かせるが、結果的には女性作家の心情が重々しい。佐久間文子は、夫の緑敏の真意にナニカアルと見るが（「新潮文庫」解説）夫はむしろ影の存在である。桐野の真相究明は全知の語り手による探偵小説とは違う。「真実じゃないんです。真実に迫ろうとする想像です」（「残虐記」）とあるような、想像力が産み出す意外な展開に重きがある。恋の謎に注目しよう。

岩本憲児は、「浮き雲」に描かれたマグマのような性欲を〈外へ噴出させたかった〉と桐野のモチーフを読む。（「林芙美子の芸術」日本大学芸術学部図書館　二〇一一・一二）芙美子が南方に報道部隊として派遣された八ヶ月間（42～43）で、スパイと疑われる一人のジャーナリストと密通。帰国後に生んだ秘密の子を貰い子と偽って育てる。彼とのことは過去のこと、子供のことは今これからのこととして語られる。年月日、場所、登場する文士はすべて実名、新聞に掲載した文も記される。従卒の野口、憲兵の松本という怪しげな人間も登場する。大胆な嘘（真実？）は実子の誕生だが、桐野は嘘と真実を巧妙に織り混ぜる。実際の部隊での林の記録は全て没収されたから手掛りはない。それを逆手にとる桐野の想像が威力を発揮する。登場人物の信じる真実が、時間の経過に従って、人物同士の相克が生み出す新たな事実となる「ＩＮ」（09）とも共通する手法である。

二、謙太郎とかかわる私の心情

平林たい子は、芙美子の相手の実名を記して、友人芙美子の真剣で誠実な恋と苦しみを綴った。（「林芙美子」）「夢一夜」（47）に書かれた実際のやりとりや破廉恥な男の実態を暴露しながら、「ゲンコウオクレ」という電文が、逢いたいという暗号であったと明かす。それを基に周りの厳しい監視の眼をくぐって実施した二人の逢い引きの様子を、かつて文字化されたことのない具体的な映像として桐野は描いた。徴用された大衆作家の私が世間の敵意に抗する緊張感は、南方に行く病院船や自らの妊娠を偽装として語る所に表われる。しかも内心には〈熾火のやうに燃えてゐる〉彼への思いと〈愛だけでなく、私の仕事も否定〉された彼への恨みが積もっている。子供は、夫の手前、密かに生むしかない。こうして最初に結果が明示されナニカアルとなる。私と彼との愛の実体は？　秘密の愛は女の涙で終わったが、桐野は〈時代の罪〉という語で女をやさしく包んでいる。女性作家に寄り添い、世間に抗って言葉に生きる作家に共感する。一番の味方だと思って愛した男からの、根本を損うような誹謗。18年1月、スラバヤの大和ホテルに来た彼に抱かれ「もう最後」と告げられる。スパイ嫌疑の彼に〈互いの信頼は増して愛は強靱になる〉と思う女は、逆に無残な語（作品は一切残らない。俺が断言する。軍部の手先。馬鹿な文章。その程度作家。従卒に下着を洗わせて平気な女。）を浴びてしまう。

そもそも二人は、銀座の料亭で初めて会った時から、丁々発止とやり合う間柄だった。女はひねくれた男に反感をもつ一方で、少年のやうな羞じらいを見せる彼を〈灰色の背広を見た時から……好き〉と思い、生きる歓びを感じた。この不思議な情こそ恋であり、ゲンコウの暗号や束の間の激しい愛の行為に進む。ロンドン・ニューヨーク、その後17年8月、帰国した彼の自宅を訪ねた時の冷たい対応には、恋の破局の伏線が張られる。桐野は、それを平和時の男女の愛と峻別し、逆境によって情念が湧く刹那の愛でしかない形を書き込む。さらに戦争という非常時を、表現者として生きている男と女の緊迫した状況での壮絶な喧嘩に具体化する。売れっ子作家は軍からちやほやされる駄目な作家にされ、男もスパイと疑われる。私は徴用作家として指示された通りに書くだけの自分を知り、男には厳しい報道管制の中で大本営発表を記事にするだけとの認識がある。今の自分達のふしだらを監視する眼に脅えつつ、私は謙太郎の孤独と友が祖国に裏切られた気持ちを思い尻尾をつかまれないようにと肝に命じる。その上で二人は強く抱き合うのだ。二人の恋は、攻撃的な本能によるがむしゃらな結び着きから、困難に打ち克って実現した愛へと発展し、壮絶に闘い別れに到った。偽装を構えつつ、非道徳を自覚し、環境の攻撃に二人で抗った筈だが、結局女は一人取り残された思いで泣く。個人の愛のドラマの収束ではなく、戦争と国家権力に重なった悲劇である。桐野が芙美子の心情を剔抉する意義である。次は子供に注目しよう。

三、ボルネオダイヤと子供　男は名産のボルネオダイヤの原石を、二人の子供と思って持つように私に買ってくれた。芙美子の「ボルネオダイヤ」(46)の中では、黄色く光った原石に男は〈女の肌〉を空想し、〈美を雲散霧消して戦場の露と消え〉〈無智な侵略者の為に圧制を敷き、民衆を烏合とあなど〉る物で、日本の女や軍政を批判する。が、桐野はわが子に繋がる名産の石を媒介にして、女の心境の変化を書いてみせる。小説の終わり近く、私は自宅近くで男に出会うが、妊娠の話はせず他人行儀に別れた。すでに私には子供を生む固い決意があり、誕生後はダイヤを他人に譲って子供と未来を生きようとした。吾が児が孤児になるという現実と厳しく向き合っていたのである。しかし五章の、スラバヤで彼と別れた後の女の心情は次のように書かれた。「本当は、たった一人でもいいから、味方が欲しかった。そして初めての妊娠を祝福されたいのだった。私はそのくらい孤独だった。」味方に連鎖する孤独は愛の裏切りを俗なものとはしていない。桐野は誰も信用できなくなった状況を国家権力という抽象的な圧力に重ねながら、それを人間一人一人の心情のレベルに置き換えようとした。四面楚歌の情況に追い込まれ、涙するしかなかった私は、最後にはダイヤを手放し子供と未来を生きる心境に達する。

四、桐野の創る林芙美子像

林芙美子の伝記的な小説「放浪記」や「浮雲」「晩菊」などの名作は、心情の強さよりも虚無感や諦めが強く漂う。仏印に材をとった「浮雲」は男女の交情を最終的には冷静に突き放している。昭和17年、「ナニカアル」に重なる頃に成った「フローベルの恋」の悲しみは、〈無心な景色にだけは判ってもらへるやうな人間の淋しさ〉〈風に吹かれて二三歩よろよろと急ぎ足に前の方へ運ばれてゆくやうな、そんな淋しさ〉と落魄の底にいる無力な自分で表わした。恋の面では「夢一夜」の〈二人の環境が、二人の心を弱めてゐて、何事もなし遂げ得ないと云ふ事にあきらめをつけてゐた〉とも認識される。桐野は、芙美子のそのような言葉をそのまま虚無的なものに収斂させず、むしろ隠れた激しい人間のドラマに仕立てる。「浮雲」の主人公の、大森林を魂の故郷とし〈恋のやうに郷愁に誘われる〉一文に桐野の感受性は敏感なのだ。とりわけ戦争協力者とのレッテルを貼られた芙美子と新聞記者との恋が、自分達を攻撃してくるナニカとして、抽象的にも具体的にも把えられた。言うまでもなく桐野は、女性作家の心情に寄り添っているけれども。

（元茨城大学教授）

『優しいおとな』——愛を求めて「移動」する少年——

飯塚　陽

『優しいおとな』は読売新聞に二〇〇九年二月から同年十二月にかけて連載された長編作品である。単行本は二〇一〇年九月に中央公論新社より刊行された。二〇〇八年にアメリカで起こったリーマンショック以降、日本国内でも生活に対する不安が色濃くなっていた時期であり、「派遣切り」によって仕事と住まいの両方を失った人々は「ネットカフェ難民」として日雇い労働者となった。そして二〇〇九年への年越しを「派遣村」と呼ばれる場所でおよそ五百人もの失業者が過ごしたというニュースが流れた。本当に寒い冬だった。本人達だけでなく、暖かい部屋でテレビの画面でそのニュースを眺めている人々にもこれから寒い時代がやってくるのだと感じたはずだ。また二〇〇七年には田村裕『ホームレス中学生』（ワニブックス）が話題になるなど「ホームレス」という言葉はメディアで度々とり上げられた。

この物語の主人公は十代の少年ホームレス〈イオン〉。彼には思い出せる過去もなければ明るい未来もない。あるのはほんの少しの現金と、自分の過去に関する事が書かれているであろう新聞記事の切れ端のみで文字や言葉遣いを覚えるための教科書代わりになるのは古い漫画本だ。それらを〈十字屋〉と呼ばれるロッカー屋に預け、安定とは程遠いホームレス生活を送っている。日々食べるものに困り、寒さや暑さに耐える生活である。まだ十代であるにも拘らずホームレスの生活を送っているのは彼らが児童保護センター（作中では〈児セン〉と呼ばれている）から脱走してきた過去を持つからである。〈児セン〉の役割は親を持たない子供たちを施設にて十七歳まで教育し、社会に送り出すというものだ。〈児セン〉を脱走し、ホームレスになった少年はイオン以外にも作中に多数登場する。荒廃した世の中で彼らは小さなコミュニティを形成し助け合い、それに加われない者は一人で生きてゆくしかないのだ。国は何をしているのかというと、この物語では国家がすでにほとんど機能を果たしておらず、体裁を保つためにそういった施設を運営しているだけなのだ。〈児セン〉の暮らしは決して楽なものではない。度重なる仲間からの苛めや、厳しい規則が子供たちを縛り付ける。そして〈児セン〉には〈どっちつかずのおとな〉がたくさんいるのだ。イオンが〈児セン〉で〈きょうだい〉と呼んでいた人物がいる。それが〈鉄〉と〈銅〉という名の双子の兄弟だ。イオンは二人を兄として、そして時には親として慕い、彼らからホームレスとして生き抜く術を教わる。彼らの教えの中で特に注目すべき部分は大人の区別の仕方である。〈優しいおとな〉と〈優しくないおとな〉、そして〈どっちつかずのおとな〉。〈児セン〉にいるのは子供達の面倒を見てくれる〈優しいおとな〉ではない。いるのは〈どっちつかずのおとな〉だ。彼ら〈どっちつかずのおとな〉は双子の兄弟曰く世の中に一番数が多く、信用すれば子供である自分達を苦しめる存在になるというのだ。

非政府組織の運営する団体〈ストリートチルドレンを助ける会〉に所属する〈モガミ〉は〈優しいおとな〉として描かれている。モガミはイオンをはじめ親を持たない少年ホームレスたちの生活を大学の研究テーマにしている。彼はイオンに対し挨拶の重要性を教えたり、食物を与えたりする。そして、新型のインフルエンザに罹ったイオンを自宅で看病するなど、思いやりのある人物だ。しかしイオンはモガミのことを〈優しいおとな〉として心から信用することができず、彼から逃げ回ってしまうのだ。

この物語は近未来の東京都心が舞台である。新宿や渋谷は作中で〈旧繁華街〉と呼ばれ、かつての賑わいや繁栄は描かれていない。あちこちにホームレスが寝床を作り、稀にだが死体が転がっていることもあるほど暗くて殺伐としている。道路は十年以上も整備されず、持ち主をなくした建物はたちまち廃墟となり、そこには違法に住み着く者がいるのだ。しかしこれは地上の話であり〈アンダーグラウンド〉と呼ばれる地下での暮らしはさらに過酷を極めている。光の届かない地下を住処とする人々は〈夜光部隊〉や〈闇人〉と呼ばれる存在だ。彼らには昼と夜がない。〈夜光部隊〉の食事に注目すると、彼らが食べる夕食の炊き出しには睡眠薬が混ぜてある。これは意識的に眠ることで自ら夜を作り上げているのだ。そうでもしないと生活のリズムが狂うからである。貧しい食事は若い彼らの空腹を満たす事もないうちに深い眠りをもたらす。つまり光の届かない場所に住む彼らにとっては起きている時間帯が昼であり、眠っている時間帯が夜なのだ。

イオンは〈児セン〉を脱走する際に離れ離れになってしまった〈きょうだい〉を探すべく地下へと生活の場を移す。そこでイオンは自分の送ってきた生活が地下に住む彼らに比べ恵まれていることを実感する。ではなぜ彼らは地上に出ないのか。それは彼らが地上では生きてゆけないからだ。光を恐れるあまり彼らは地上では生活できないのである。暗闇の底はまだ深く〈夜光部隊〉よりも地上を嫌悪し、地下の奥底に住む者たちがいる。それが〈闇人〉という存在である。彼らは〈人間の究極の平等を考える人々〉とされている。地上の環境の移ろいにも不平等を感じ、それすら排除しようというのだ。そんな平等思想に縛られ、両目を潰すことで完全な闇人となろうとする少年が現れる。〈錫〉と呼ばれるその少年はギターを弾き、夜光部隊の人々にテーマソングを作る。しかし、そんな才能を持つ彼もまた地上に出ることはできないのだ。

『優しいおとな』には作品全体に暗さと空腹感が漂っている。この空腹感は愛情への餓えと言い換えられる。作中、イオンは錫の歌う〈イオンのテーマソング〉を聴く。その歌詞の中には〈優しいおとなが僕の名を呼ぶ

〈中略〉母さんと父さんだね〉という部分があり、そこでイオンは自分が親からの愛情を激しく求めていることに気が付くのだ。鉄と銅の〈きょうだい〉が言う〈優しいおとな〉とは親のことなのだと。イオンをはじめ、愛を知らずに育った少年たちが愛を求め、そして大人から騙され、利用される。行き場を失った少年たちは地上のホームレスから地下のホームレスとなり、さらには闇人として生きてゆこうとどんどん底なしの暗闇へと足を踏み入れてゆくのである。イオンが〈きょうだい〉を求めてそうしたように。

地上の少年ホームレスたちは警察に捕まると〈児セン〉へと送致される。しかし地下のホームレスたちは〈闇人狩り〉で警察に捕まれば危険人物として扱われ〈児セン〉よりも過酷な〈未成年刑務所〉（作中では〈ミセイ〉と略される）へ入れられてしまうのである。そういった意味でも地上と地下では緊張感にも大きな差があるのだ。「優しいおとな」は二〇一三年八月に中央公論社より文庫版が出版されている。その解説で雨宮処凛は〈「優しいおとな」に描かれている世界はすぐそこにある未来なのかもしれない。」〉と述べている。経営の困難により相次ぐ企業の倒産、非正規雇用者や失業者が減る気配のない昨今の日本の暗闇に、この『優しいおとな』はスポットライトを当てた作品である。ホームレスの若年化が進み、イオンのような少年ホームレスが新宿や渋谷の街を埋め尽くす日が来るのは確かにそう遠くないのかもしれない。

原子のイオンには陰極と陽極に引かれる性質を持っている。そしてギリシャ語で「移動」という意味がある。物語の主人公イオンも同じように地上と地下とを行き来する存在として描かれているのだ。イオンの求めていたものは真の「優しいおとな」、つまり親という存在だ。それゆえモガミから逃げ回り、親からの愛を求めて地上と地下とを「移動」したのである。いわばこの作品は親を求めて移動する少年の愛の物語なのだ。

（専修大学大学院生）

『ポリティコン』――（反）ユートピアのゆくえ――仁平政人

「ユートピア」は本来、現実を否定した理想を体現する場として構想される。では、ユートピアを目指して作られた場が、現実において長きにわたり存続し続けたとき、そこでは何が起こるのだろうか。――『ポリティコン』は、いわば「老いたユートピア」をめぐる問いをモチーフのひとつとした長編小説である。

この小説は、架空の白樺派の小説家・羅我誠と、その親友である彫刻家・高浪素峰の〈合作〉として山形県に建設され、その後八〇年以上の時を経て存続している〈大正期の理想村〉・「唯腕村」を舞台とする。桐野自身が対談などで明かしている通り、この唯腕村が、武者小路実篤の「新しき村」をモデルとしていることは見やすい（なおこの唯腕村の設定には、他に有島武郎の農地解放や、佐藤春夫・谷崎潤一郎間の妻の譲渡といった大正文学のエピソードを想起させる要素もふんだんに織り込まれている）。ただそれだけではなく、作中ではオーウェンやサン・シモン、江渡狄嶺など多くのユートピア主義者が言及されており、また、一九六〇年代にヒッピーの若者たちが唯腕村を〈日本の元祖コミューン〉と見なして入村してきたというように、いわばユートピア的コミューンの歴史が重層的に取り入れられている。その上で、この小説が描き出すのは、「理想」が既に色あせた現代における、高齢化・過疎化にさらされた唯腕村の現状に他ならない。

この小説は二部構成からなり、第一部が高浪東一、第二部が中島真矢《マヤ》と、二人の主人公それぞれに焦点を合わせて進行する。まずは、小説全体の四分の三を占める第一部から目を向けてみよう。主人公の高浪東一は、唯腕村初代理事長であった高浪素峰の孫であるとともに、羅我誠の孫・和子を実母とする〈唯腕村の純血種〉の青年であり、他の若い世代がすべて離村した後も、過疎化した唯腕村にただひとり残り続けている。だが東一は、決して唯腕村の理念を遵守する者でも、それを体現する者でもない。そもそも、作中で繰りかえし触れられるように、ユートピア的なコミューンに生まれ育った者にとって、コミューンの状態は「理想」ではなく、自らを縛り、損なう特異な現実的環境でしかない。それでも東一が、強い不充足感（とりわけ、若い女性に対する渇望）を覚えつつも唯腕村にとどまるのは、自らが村における特殊な存在（〈純血種〉）だという意識を持ち、またそこに〈何か宝が埋まっているような気がしてならない〉という思い入れを抱いているためである。

この唯腕村に、インテリのホームレスである「北田」が、美しい少女・真矢と、若い外国人女性とその息子という奇妙な〈疑似家族〉を連れてやってきて、村の共同体に動揺がもたらされるところから、物語は大きく動き出す。東一は真矢に心奪われるとともに、自らの抱えてきた鬱屈と唯腕村へのこだわりを結びつけ、〈唯腕村を若くて美しい男女で満たして支配したい〉というシンプルで身勝手な理想＝欲望を心に抱きはじめる。そして、一旦の挫折・東京への出奔という「貴種流離譚」的なプロセスを経て、理事長であった父・素一の死後、東一は〈新理事長〉を一方的に名乗り、唯腕村を自らの〈王国〉と見なしてほしいままに動かそうとしていく。作中では、ユートピア的コミューンの博愛的な理念と、個人の愛＝欲望が相対立する関係にあるということも言及されるが、東一は正しくそれまで抑圧していた欲望を噴出させ、それを貫こうとすることによって、唯腕村の理念や共同性を破壊していくこととなるのだ。こうした東一の暴走気味の行動に、対立する住民たちや、唯腕村を利用しようとするヤクザや商売人、自身の農業の理想を実現するために入村してくる若い夫婦など、様々な立場や思惑を抱えた多くの人物たちが複雑に絡むことで、起伏に富んだ物語が展開されていく。そしてこうした多様な人物たちの関わりを通して、作中には食品偽装・難民・有機農業といった現代的なトピックが豊富に導入されることになるのである。

さて、外部から一定に自立した小さな世界で、多くの人物たちが複雑に絡み合う群像劇を描き出すという点では、本作は先行する『東京島』に類似する。ただ、本作の特長として注目できるのは、様々な人物に焦点化して物語を立体的に提示する『東京島』に対して、『ポリティコン』第一部の語りが、東一という〈魂の小さな人間〉（桐野夏生・佐々木敦「「理想郷」か「絶望郷」か。今この国で起きていること」、『本の話』11・02）ひとりに寄り添い、その行動と、揺らぎに満ちた感情・思考のありようを徹底的に描き出しているということである。作中の東一は、共同体の運営でも真矢との関わりでも、絶えず情動に突き動かされ、深謀遠慮とは無縁に思いつきを実行しようとし、たびたびつまづいては〈頭を抱え〉る。一般的にユートピアは、現実を否定する理想に基づくシステム・秩序構築の志向において成立する。それを踏まえれば、一切の理念も周到な構想もなく、状況に絶えず振り回され、今・ここの思いや感情で行動する東一のありように焦点化するこの小説のスタイルは、すぐれて反ユートピア（文学）的だと評しえよう。

第一部がこのように唯腕村という小さな世界に生きる東一の物語であるのに対し、第二部では、唯腕村から離れて生きる真矢の物語と、彼女の目で捉えられる村のその後が描き出される。簡潔にまとめれば、真矢は、脱北者を逃がすブローカーをしていた母以外に身寄りがなく、その母が中国で失踪した後に唯腕村に身を潜めることになった、〈国と国の間からこぼれ落ちた〉（前掲「「理想郷」か「絶望郷」か。今この国で起きていること」）存在である。〈混血〉的で、幼少時から脱北者に関わり流動的な状況に置かれ、孤独な内面を心の奥底に隠し、唯腕村に安住し得ず逃れ出ようとする——こうした真矢のあり方が、東一の対極にあるということは多言を要すまい。そして東一の所業（第一部末尾）によって、真矢は、〈自分の全てが、男の価値観で測られ〉、確かな居場所もアイデンティティも持ち得ずに都会を漂うような生を強いられることになる。

第二部の後半では、十年ぶりに唯腕村を訪れた真矢の目を通して、社会的に成功しながらも、実態はディストピアと化した村の様子が捉えられていく。そして、真矢の言動をきっかけとして、結果的に東一の〈王国〉はもろくも崩壊していくこととなる。以上の意味で、真矢の物語は、一面で東一の物語を外側から相対化し、解体に導くものとも見られる。ただし東一と真矢との関わりは、ここで終幕を迎えるわけではない。東一が権力の座を追われた後、ふたりは〈互いが大きな虚ろを抱えている〉ことにおいて近づき、そして真矢の母をめぐる秘密を共有することによって、〈不思議〉な連帯を結ぶことになる（対極的・敵対的な間柄にある異性同士が、幾つかの重なりを通してふと結びついていくという展開は極めて桐野的なものだ）。

小説の結末で、東一は新たに唯腕村を作ろうという意志を真矢に語り、一緒に来ないかと誘う。そして真矢が、〈行ってみようか〉と自分でも思いがけず応えるところで、この小説は幕を下ろす。ともに反ユートピア的なベクトルを持つとも言える二人が、どのような〈唯腕村〉を生み出していくこととなるのか、作中には想像する手がかりも示されていない。ただそれは、旧来のコミューンの理想とも、一般的な社会的関係性とも異なる、〈共生〉のかたちを示唆していると見ることはできるだろう。この点で本作の結末は、〈いま・ここにないものを思い描き、それを作り出そうと〉（沼野充義『ユートピア文学論』作品社、03・2）するという意味での私たちのユートピア的想像力を、豊かに誘っているのである。

（弘前大学教育学部講師）

『緑の毒』——羊頭狗肉、また楽しからずや——林　廣親

「小説　野性時代」二〇一一年九月号は桐野夏生の特集で、小池眞理子、篠田節子との鼎談や「より遠くへ、よりポップに、そして、よりダークに」と題された「ロングインタービュー」、それにグラビアページと「総力特集」の謳い文句にふさわしい内容だが、小さく書かれた「『緑の毒』刊行記念」というキャッチフレーズには多少引っかかりを感じる人もいたのではないか。なるほど二〇〇三年に始まった連載が九年越しに完結したことは、記念するに足ることかも知れない。けれども小説自体は果たしてそれに値するのか。一読しただけで過ぎるなら、不審の思いはそのままに残るだろう。

単行本の帯に書かれた「暗い衝動をえぐる邪心小説！」「妻あり子なし、39歳、開業医。趣味、ヴィンテージ・スニーカー。連続レイプ犯。」「嫉妬、妄想、興奮。その愉楽に、男は溺れた。責任とって下さい。」というキャッチコピーの奔放さに比べて、犯人の川辺康之は破滅する主人公の魅力がまるでない小物である。「緑の毒」という題が、嫉妬の恐ろしさを意味することは『オセロ』（シェイクスピア）の一節を引いたエピグラフで明らかにされているが、あちらは堂々たる悲劇、こちらは？？？　へたすると羊頭狗肉のそしりも招きかねまい。ちなみにWebの書評は総じてBクラスの評価を下している。スタンガンと昏睡薬を使ったえげつないレイプ犯罪が題材であるため、再読の意欲を削がれてしまう上に、主人公の行動や意識に沿って求心的に展開される話ではなく、

「中心が空っぽで、回りが埋まっていくような感じの話」（ロングインタービュー）の馴染みにくさも手伝って、一度読めば沢山という読者も多いに違いない。

しかしながら、キャッチコピーに囚われず、ミステリーは見てくれに過ぎないと思って読んでみると、これは相当に野心的な作ではないかという気がしてくる。Bクラスのミステリーと見なして終るか、あるいはやはり記念碑に値する試みと見るか。評価は一筋縄ではいきそうにない。つまり読み手の懐の深さを問うてくるような、パラドキシカルな性格がこの小説の個性だと考えられる。なぜそんな小説が生まれたのか。完成までの十年近い月日と無関係ではあるまい。二〇〇三年十二月にプロローグとなる短編が発表され、次は一年後、その次はさらに一年半後の二〇〇六年の発表である。第四章に当る短編の発表は二〇〇九年で、この年からは毎年三ないし四編が発表され二〇一一年五月に連載が終了している。掲載誌の名も「野性時代」から「小説　野性時代」に変った。社会の動きもめまぐるしい。作者の小説に対する欲求もおそらく変化したのである。

プロローグの「1　夜のサーフィン」は「完全主義者」の題で発表された。インタービューの中で作者は最初短編のつもりで、「相当な鬼畜を書いたつもり」だったと語っている。たしかに主人公である医者の昼と夜の顔の変貌ぶりは読み応えがあるし、犯行の動機とされる妻への嫉妬の屈折感やレイプの前後における心理描写もリアルで、出来上がった全体から見ると、川辺康之はこの章のみ読み手の感情移入が可能な主人公として立ちあらわれている。言い換えれば行動は異常でも人物造型はオーソドックスなのである。ところが「8　傲慢と偏見」で再登場した彼は愚かでうすっぺらでどうしようもない人物である。作者にとっては唯の齣でしかなくなったとしか思えないが、再登場の章が書かれるまでにほぼ七年が経ったことを思えば当然の変化なのかも知れない。作者は連載二回目（「2　象のように死ね」）に転換点があったと言う。「そこで大きく被害者の側にずれたことによって、物語が九十度曲がって展開していったので、中心が空っぽで、周りが埋まっていくような感じの話にしていこうと思いました。その中心部分というのは多分川辺の暗い虚ろな部分だと思うんです。」(ロングインタビューより)。

便宜上レイプ犯の川辺を主人公と称してきたが、彼が視点人物として登場する章は最初と8番目と最後しかない。どの章にも彼の影は落ちているし噂は聞こえるからそう感じないが、実際には作者のことば通り四人の被害者をはじめ彼をとりまく人物それぞれを主人公にした短編が書き継がれていったのである。ストーリーの柱は連続レイプ犯の開業医がネットで知り合った被害女性たちに報復される顛末だが、報復のためのネットワークが立ち上がった点で彼の命運は尽きている。読みどころは、「空っぽ」な「中心」を取り巻く人物それぞれの境遇や性格である。注目べきは被害者たちとの距離のとり方で、卑小な、しかしかけがえのない人生を懸命に生きている女を描くのは作者の独擅場であるが、この作品では彼女等に寄り添うまなざしと突き放すまなざしが共存している。それがもたらす悲喜劇の感触が大きな魅力である。

読み進むほど、インタビューの「短編の集合体で、一話一話をフリスビーのように遠くに投げていく構造」という説明は上手いものだと思えるのだが、そのフリスビーの軌跡は、現代人にとって他人事でない問題を次々に指し示してくれる。「2　象のように死ね」の主役は、引きこもりの姉が居る実家に居たたまれなくて、一人暮らしをはじめたためにレイプ被害にあってしまう女性である。実家に戻った彼女を待っているのは姉の自殺騒ぎという情けなさ。あるいは失業してパートとルームシェアで食いつないで来た中年女性を見舞う泣き面に蜂の運命。(「4「お前じゃないが仕方ない」(三番目の被害者)」)。貧窮や孤立の恐怖、あるいは虚栄やワークホリック、自己中心的で未熟な精神等々現代社会のカリカチュアを見る思いがする。それらの前では川辺をレイプ犯にした嫉妬の問題などまるで影が薄い。おそらく作者の想像力も嫉妬の問題を離れてから生動しだしたに違いない。それはいわば悲喜劇をものし得る想像力である。十年の歳月が作者にもたらしたものを思えば、羊頭狗肉もまた楽しからずやという気がする。

ところで川辺康之はなぜ医者でなければならなかったのか。作者は「医者のように世で言う立派な仕事をしているような人が知的に考えた末の犯罪だったらどんなかんじかな、という思いつきがあったんです。」とインタービューで語っているが、これは入り口に過ぎない。もちろん医者だからこそ「セレネース」という薬の注射で相手を昏睡させるという犯行のスタイルや、その薬から足がつくというプロットが可能になっているわけだが、それだけではないだろう。物語では幾人もの医者の生きざまが描かれるが、興味深いことに患者の人格を尊重する医者は一人もいない。救急救命センターの主任である玉木でさえ「瞬時の際どい勝負に酩酊」するのが生き甲斐と化した医者である。彼等はそれぞれの事情で患者の悩みと向き合う余裕を失っているが、中でも主人公の川辺は病膏肓に入った人物として造型されている。彼が患者を激怒させるやりとりが小説の幕開きであり、「6　気炎女」では受付終了間際の電話に対する川辺のつれない態度に、看護師が「人を助ける医療現場で、決りごとなんて言っちゃっていいんですか」と口に出しそうになる場面がある。世の中には様々な職業があるが、思えば医者ほど他人への思いやりが大切な職業はないだろう。だからこそ〈川辺康之〉はいわば〈他人を思いやれない心〉を象徴する名となる。「12　妻の責任」で離婚の決心をしたカオルは恋人の玉木に「今の私は夫が大嫌いで、でも可哀相なのです」とメールを送る。その感情は思いがけないものだけに読者の印象に残る。それはこの「ポップ」なミステリーに、他人を思いやれない心の哀れさというまことに古典的なメッセージが確かに存在していることを示している。

（成蹊大学教授）

半分の『ハピネス』——山口政幸

この小説を、単行本で、六〇ページくらい読んだ読者は、どのような感想と予見とを抱くだろう。きっと有紗があこがれて、その家事やインテリアの様子を知りたいと思い願っている、いぶママの部屋のありさまこそ、有紗の予想を見事なまでに裏切って、汚れきっており、家事なども打ち捨てられた最悪の状態にあるのではないか、そんな光景をふと思い浮かべるのではあるまいか。それは半分は当たっており、半分は当たっていない。読者もまた途中で明らかにされる、この五組のママ友とされる女たちのルールである、互いの部屋を見せ合わないという掟のようなルールが、最後まで遵守されていくのを見守らなければならないためである。それは有紗を含める四人が共通して住んでいる江東区の高級マンションであるタワーズマンションの住人でない、地元育ちの美雨ママにしても同様である。例外的な存在であるはずの彼女にしても、有紗の居住空間に足をふみ入れることはないし、有紗が玄関より先に美雨ママの家に入ることもない。したがって、有紗が常日頃から自分をその位置に置いている、他の裕福なママ友との比較における凝り固まったコンプレックスが、実際にはどのような偏倚にあるのか、ついに読者は知ることがないし、有紗自身も経験できる機会はないのである。部屋を覗けないことの代替の産物としてあるのが、ベビーカーに至るまで細心の注意を払って用意される、彼女たちの身につけるブランド品の数々なのであるが、それは彼女たちの子育ての現場を垣間見せるものでないことは、言うまでもない。

それとは逆に、結果的に読者予想の当たっていた側面として挙げられるのは、やはりいぶママの凋落と嘘である。最終章で知らされるいぶママの様子によって、読者の期待感はある程度満足するのではないだろうか。

容貌から身のこなし、学歴や元キャビンアテンダントという職歴に至るまで、完璧と言っていい彼女だが、実際は見下していたはずの美雨ママによって、自らの夫を奪われている運命にあった。同じく員数合わせの公園要員として劣位の連帯を培ってきたはずの美雨ママの口から、有紗はこの驚くべき事実を知らされる。予期に反してと言うべきか、それを口にする美雨ママの様子は、苦しげであり、ピュアな真実の恋に苦悩している様子がうかがわれ、いぶママへの対抗心や復讐心のようなものは微塵もない。それゆえ、大手出版社に勤めジローラモもどきの目立つ男のいぶパパと、派手で「江東区の土屋アンナ」のような美貌の持ち主である美雨ママとは、お似合いのカップルであるようにさえ有紗には思われたりもする。

家族同士のディズニーランド行きをきっかけに半年前から付き合い出した彼らだったが、とうとうそれを知ることになったいぶママは、悲願であった母校の青山学院の幼稚園に娘が合格できたことを機に、タワーズマンションから出て行ってしまう。無論真相は隠されたままで、ママ友たちには幼稚園に近い南青山に「いい物件」が出たためだと言い、不倫を明かした美雨ママに向かっては、第二子を身ごもった自分たち夫婦のやり直しを夫の側から提案されたためだと言っていた。しかし、不意に引っ越し先を訪れた有紗たちが目にしたのは、安普請の実家に、娘とだけ住むいぶママの姿だった。一階がコインランドリーで、遮光カーテンで閉められた二階が居住空間であるらしいその家は、「お店屋さんやってたうちが改築した感じ」が漂っており、失望感よりも気の毒な印象だけを投げかけるとてもみじめなものだった。ママ友の一人が「化けの皮が剥がれちゃった?」と口にするひと言が、この小説を読み進めてきた読者の偽らざる期待値というものを図らずも言い表してしまっている。

有紗はこうした事実をライバル関係にあるはずの美雨ママに伝えようとはしない。読者にとっても、それは必要のないことのように思われてしまうのだ。

もう一つこの小説には、読者の期待を釣る事柄がある。有紗の不在の夫がいつ現れるかだ。言い換えれば、有紗たちの夫婦としての成り行きに関心の眼がそそがれていく。

有紗は俊平と、合コンで知り合った。二十九歳のときで、三年前、何としても東京に永住したいと新潟を飛び出して、広告代理店でアルバイトをして暮らしていたときだった。IT企業に勤め、町田に実家があり、一人息子である俊平との結婚はまさに有紗が思い描いていたとおりのものだったので、何度かの交渉の後に首尾よく妊娠をした彼女は、出来ちゃった婚へ突入だとばかり「小踊り」して喜び、今の花奈を生んだのだった。こうして、賃貸とはいえ、念願のタワーズンマンションにも入居できた彼女は、いわば勝ち組の仲間入りをしたはずだが、アメリカに単身赴任している夫からは、一方的に離婚の要求をされており、俊平はずっと電話にも出ない状態が続いていた。

この謎のような離婚の言い渡しの裏には、有紗の秘密が隠されていた。実は彼女には、十年前に産んだ男の子がいたのである。有紗はかつて故郷の新潟で自作農園を営む瀬島という家に嫁いでおり、いきなり実家を継ぐ羽目になって一時的に荒れ出した夫のDVに耐えかねて離婚を決意し、雄大という一人の男の子を瀬島の家に置いてきたのである。俊平との出会いは、その後のことで、花奈を出産する際に、経産婦であることが俊平に分かってしまい、ショックを受けた彼は花奈がまだ八カ月の時にアメリカのウィスコンシン州に旅立ってしまったのだ。それからすでに二年半の時間が過ぎている。

先のママ友たちと有紗がいつからどのようなきっかけで「ママ友」に成れたのか、そこには一切の説明がないのだが、この長すぎる不在が周囲から不審がられている様子はない。ただ目下のところ差し迫った問題として、幼稚園の入園先を決めなければならないので、この離婚の危機について、有紗は必死の思いで隠し通している。が、先の不倫の告白を聞いたのち、とうとう有紗はこの「人に言えない秘密」を美雨ママにだけ告げるのである。それは、タワーズマンションの住人にない親近感をこの下町育ちのママ友に感じ、心を許せたためにほかならない。「普通、母親は子供を手放さないものね」と言いながら有紗は、思わず自分のコンプレックスの源に触れたような気がしてしまう。「母親失格」という言葉を誰からも言われたくない一心で、必死で忘れようと努めてきて、その結果俊平との結婚、花奈の出産、そして孤独すぎるタワーズマンションでの育児に従事してきたのだ。そうした彼女は美雨ママとともに、かつての夫の農園に赴き、わが子や元夫と対面する。この場面は、本作のもっとも美しく解き放たれた印象をのこすシーンであり、新しい時代の母子や離婚した夫婦の対面の場面として特記されていいものだろう。

この場所で、鉄哉や鉄哉の両親たちと暮らしていたはずなのに、雨の中で、こんな風に穏やかに話したことなどなかった。共有していた時間も人も、まるで夢の中のように遠くにある。

「雄大、大きくなったね」

有紗が沈黙を破ると、「ああ」と、鉄哉が嬉しそうに答えた。

「雄大はどうしてるかなって時々思い出してた。うちの子は女の子だから、何か感じが違うのよ」

それに比べると、夫である俊平との和解のような不決断な別れも時代的ではあるのかもしれないが、どこか腑に落ちない印象を与えないではない。

俊平は不意に帰国して、有紗たちの前に姿を現す。そして彼が下す結論は、やはり、有紗を愛しており、「家族三人で生きる決心をした」というものだが、有紗は夫とともにアメリカに立つことはない。残す一年の任期の間、彼女は花奈を保育園に入れ、美雨ママの実家であるチェーン店の寿司屋で働くことを決意する。

彼女が一緒にアメリカに行かなかったのは、俊平が告白したシカゴ大学に来ていた留学生との関係にいつまでもこだわったためではおそらくない。有紗の過去に嫉妬した結果その留学生と付き合って、「復讐したような気になっていた」という夫は「子供だった」と認めており、彼女ともすでに別れ、そこに恋愛があったかどうかも今は疑っている。有紗は結局戻ってきた夫を自分から受け入れるのだが、何が彼女をそのようなものに促していったのかを、具体的に読み取ることはできないのである。有紗の周りの二組の夫婦が結果的に引き裂かれようとしているときに、別居はしていても、有紗と俊平という夫婦は、夫婦としては和合し合っていくのだ。これはやはりイケダンブームなどを煽る「VERY」という若い子育て世代の主婦向けといった掲載誌との関係から考慮された結論のように思われるが、そうではない。掲載紙における連載は単行本三五五ページまでで、「エピローグ」分がまるまる加筆されている。ついでに言えば、不在期間の「二年半」も、掲載時は一年半だった。これは、幼稚園の入園年齢に合わせて修正を必要としたためだろう。

それにしても、夫である俊平はなぜ今になって帰国したのだろう。一年半（？）も放っておいた妻や娘に会うのに、葛藤や怖れといったものがあまり感じ取れないのはなぜだろうか。八カ月の乳飲み子から立ってしゃべっているわが子を見た父親の驚きと戸惑いとはもう少し振幅のあるもののように思われるが、どうであろうか。それがひとえに自分の意志から生まれた不自然な別れの期間だったとしたら、なおさらではないか。彼が結果的に「ハピネス」になったにしても、それを求めて長い不在の果てにこの場所に帰ってきた賭けと緊張のようなものは伝わらない。一方、有紗は美雨ママをはじめ、姑である晴子や実の母親などから、様々な言葉を受ける。それは感情を逆撫でするものもあれば、思わず涙するものまでいろいろだが、有紗が女たちを集めた共同体の一員であることは間違いない。有紗との比較における俊平の希薄さとは、そんなところに起因しているものなのかもしれない。初回掲載時の手書きによる作者からのメッセージで、「実はとてもアンハッピーな、若いママの物語」と言われた本作の「ハピネス」をどこに求めるかは、意外に難しい問題なのだ。

（専修大学教授）

それぞれの戦争へ、小説の狼煙を──錦　咲やか

──『発火点　桐野夏生対論集』──

たとえば、女であること、女にとって性愛とは何かということ。それらを正面から考えて書いている作家は少ない。桐野夏生はその点で限られた作家のひとりであるといえるだろう。本書は桐野夏生が、同時代においてある共通の問題意識に貫かれている十二人の識者達と対談したものだ。対談相手は錚々たる作家や教授、映画監督といった面々であり、実に興味深く充実した対談となっている。

松浦理英子とは女子プロレスの話題から、〈剥き出しであることの美しさ〉について語り合う。松浦らは、最近の女子プロレス（この対談の初出は一九九九年の『オール讀物』である）においては物語性が薄れてきており、以前の長与千種、北斗晶、ブル中野といった論理的で明快な頭のよさをもつ選手ではなく、直観によって本能をそのまま働かせる輝きをもつ者が今後スターとなっていくのではないか、と考察している。「庶民」である女性たちの一種の感情、存在感といったものの美は、物語から離れているのだ。自分が女性であることについてどう考えているか、どう感じているかと問われることが多かった九〇年代前半あたりまでは、それを含めて〈私たちを取り巻く時代状況、文化状況をちゃんと感じ取ることができる人〉こそが物語を感じさせることができた、と松浦は述べる。それに代わってあらわになってきた、もっと直観的な姿のアピールについて〈何かが剥き出しになってるんじゃなくて、剥き出しであること〉と語る桐野の言葉は的確である。世阿弥の「秘すれば花」という、影に

なった部分に含蓄や美を見出す伝統は昔からあるのに対し、例えば中上健次が路地に住む人々の剥き出しの美しさを愛するようなアンチ「秘すれば花」の文学観を、桐野も松浦も共通意識として持っているという。それは剥き出しの生々しい性、型を破る女性のセックス描写を桐野が手探りの跳躍——さながら命がけの飛躍として手にしていることに繋がる。物語の抑圧性に敏感で、物語について愛憎半ばするふたりの作家ならではの対話はそれ自体が、〈わかったつもりになれるだけ〉とは対極の、生々しさへの渇望に満ちている。

皆川博子に〈悪意は、文字でしか表せない、言葉でしか表現できない感情です〉〈映像ですと、殺意は見えても、悪意はなかなか見えない〉と語るように、桐野は言葉への意識と態度を明確にしている。斉藤環との対談では〈小説を書くことはもうひとつの現実を書くこと〉とされ、『残虐記』においては〈言葉を獲得することによって解放される人間〉を書こうと思ったと語っているが、これは桐野自身の要となる小説制作の実感ともいえるのではないだろうか。

斉藤環による、男性は「所有」、女性は「関係」を物語性の主軸に置くという傾向分析に拘泥する必要はないが、桐野は常に女性性の立ち位置を明らかにしながら、小説のストーリー構築に必要なものとしての関係性だけを忠実に求める。かつ、全く人間関係のない小説も書いてみたいという発言は、関係性の彼岸としての、言葉の彼方を目指しているかのようだ。〈言葉が光だとは思わないけれど、どうしても言語化できないものもあるんじゃないかなって〉、〈闇にまで行き着けば、言葉にならないところまで見据えることができれば、それは作家にとっては勝利に近いんじゃないかな〉という思い。言葉にできない闇があった、ということを指し示すこと。いくら目を凝らしても何も見えなかった闇を、ただ闇として書くこと。それは言語活動の極北に至ろうとする作家の孤独な試みだ。桐野は自らの見知らぬ現実に常に思いを馳せながら、そのような現実を超えられない言葉を弁え、なおそこに挑みつつ〈でも自分が闇になったら書けないわけで、作家はこの自己矛盾を抱えて生きていくしかないわけです〉という矛盾に反転する自己言及性を油断なく備えた書き手である。

また〈私にとって現実というものはいつも整合性がなくて、でも整合性がない代わりに偶然もたくさんあって、本当の姿というものははっきりわからないし、虚構性が強いと思っているんです。だから小説を書くときには、むしろ私の考える「現実」というものを、小説の中で再生しようと思っています〉という桐野の発言は、桐野の小説が多用する三人称多視点の必然性を補填し示唆している。柳美里との対談においては、複数の登場人物の小さな必然を組み合わせて、大きな偶然を逆に作るという桐野の方法論が明らかになる。

〈現実の事件は氷山の一角で、ただちょこんと見えている部分でしかなく、海中に隠れた大きな部分を「現実」と思って、書いている感じなんです〉という言葉からも、桐野のテクストは現実の時代状況を感じ取り、物語と愛憎半ばしながらもそれらを小説とし、自らの現実をある種普遍的なものとして提示するものであることがわかる。

読者のことを信頼しておらず、言葉そのものも信頼していないと語る桐野の「言葉」からは、生の現実が言葉よりも確固たるものであることは当たり前だという気概が感じられる。〈結局、私たちの言葉も教育等で得た経緯からして、コストのかかった特権階級のものなんですよね〉という意識から生まれる小説の「発火点」とは、現実の荒野から言葉を発することへの矜持だ。〈小説を書くということはすごく冷たい風がビュービュー吹いているようなところでやっている仕事だと思っていた〉という発言は、それを端的に示している。

ボーダーラインを訪ねるのが好きで、辺境マニアだという話題が坂東眞砂子との対話では生まれるが、その故郷なき意識や「異境」で苦労したという記憶は星野智幸との対談テーマにも通じているかもしれない。〈線が引かれた場所を見たいというだけで、じゃあ自分がそこに身を置いて暮らそうとか、ボーダーを越えてどこかへいこうとか、そういう発想はまったくもっていない〉と語る桐野は、辺境から内部には入らずにどこか客観的な観察者としての眼をもち続ける。〈底から輝きを見上げたい〉という願いは、彼女のスタンスを強化するものであろう。『古事記』における女のエロスの排除と死の関連性に迫り、あくまでも客観的に記紀を政治的な物語として読み解く作品『女神記』を、原武史は天皇制の根源へ突き当たる新たな論点とみる。星野智幸は、桐野ワールドが実は六〇年代・七〇年代のカウンターカルチャー的世界観に彩られており、ある種の「闇」のようなアングラ社会などの暗部へはみ出していった果てに〈「光と闇」のような対立も無効になるような「彼岸」に到達する〉という重要な指摘をしている。星野の言う〈文学の既得権〉を安易に妄信せず、現状に深く荷担し続けないために、言葉の力を常に疑って向き合い、書くことに後ろめたさを抱えながらそれでも書き続ける態度がここでは表明されている。女として、男としてのそれぞれの既得権益を捨てた時、奪われた時に被害妄想を肥大させずに、それぞれの「戦争」状態に向き合うということは、非常にタフなことではあるが、〈戦争状態はそれぞれの人にあるということを考えるのが相対化なんですよ、結局は。それは小説の真髄ですよね〉と語りかける桐野と星野とは、優れて現代的な世界を直視する書き手として、見方を共有するに至っている。

読後〈女性はいま、どこにいるのか〉という帯の惹句を纏うこの対談集が『発火点』と名付けられていることに、改めて新鮮な驚きと深い納得を覚える。私たちはいま、どこにいるのか？　女性を取り巻く論点は現在も、この発火点から燻り続けている。燃え盛らない火に今もう一度火を点け、狼煙を上げることが未だ課題であり、その可能性としての突破口はここになお満ち溢れているように思われるのだ。

（日本近代文学研究）

桐野夏生　主要参考文献

岡崎晃帆

単行本収録文献

山田陽一「桐野夏生の話題作『ＯＵＴ』、その絶望と希望」「桐野夏生『柔らかな頬』のキーワード＝漂流の意味」「桐野夏生に対する直木賞の選評を読んで」（『エロスとまなざし―性を描く者たちへの共感と違和感』パラダイム、99・12）

立川談四楼「桐野夏生『グロテスク』」（『大書評芸』ポプラ社、05・3）

阿部和重「無情で酷薄で邪悪で……」（『阿部和重対談集』講談社、05・7）

鹿島茂・福田和也・松原隆一郎「グロテスク」「残虐記」（『読んだ、飲んだ、論じた―鼎談書評二十三夜』飛鳥新社、05・12）

佐々木敦「桐野夏生『メタボラ』」「桐野夏生論その1「誰も読んだことがない」―『光源』」「桐野夏生論その2「怪物」の／と「物語」、「物語」と／の「怪物」―『柔らかな頬』」「桐野夏生論その3　妄想から小説へ―『残虐記』」（『絶対安全文芸批評』INFASパブリケーションズ、08・2）

斉藤環「すべての関係は性的関係である」「関係性の四象限」「雅子はアンティゴネーではない」（『関係の化学としての文学』新潮社、09・4）

斎藤環「『残虐記』の二つの謎―桐野夏生を読む」（『「文学」の精神分析』河出書房新社、09・5）

笠井潔「階級と絶対―桐野夏生『グロテスク』」（『人間の消失・小説の変貌』東京創元社、09・10）

川村湊「ダーク」「残虐記」（『あのころ読んだ小説―川村湊書評集』勉誠出版、09・10）

原善「桐野夏生『ＩＮ』の照らし出す『死の刺』における虚実の皮膜」（志村有弘・島尾伸三編『検証島尾敏雄の世界』勉誠出版、10・5）

吉岡亮「ダークな感情が切り開く世界―桐野夏生『ダーク』論」（一柳廣孝・吉田司雄編著『ナイトメア叢書7―闇のファンタジー』青弓社、10・8）

三輪太郎「ＯＵＴ」「柔らかな頬」「魂萌え！」（『死という鏡―この30年の日本文芸を読む』講談社、11・3）

鴻巣友季子「残虐記」「I'm sorry, mama.」「東京島」「女神記」「ＩＮ」「ナニカアル」「ポリティコン上・下」（『本の寄り道』河出書房新社、11・10）

ロバート・キャンベル「虚構が現実に負けてはいけない。」(『ロバート・キャンベルの小説家神髄—現代作家6人との対話』NHK出版、12・2)

北上次郎・大森望「快作！　めずらしい「笑える桐野作品」『東京島』」「読むとドキドキ、現実と虚構の相互侵犯『IN』」(『読むのが怖い！Z—日本一わがままなブックガイド』ロッキング・オン、12・7)

雑誌特集

「〈特集〉桐野夏生の衝撃」(「本の話」05・1)

・「〈インタビュー〉強い虚構性は現実と拮抗しうる」

・佐々木敦「桐野夏生の「小説＝世界」のマニフェスト」

・桐野夏生「私の好きな男」

・「桐野夏生著作年譜」

「〈特集〉桐野夏生」(「文芸」08・2)

・篠山紀信「〈対談〉3時から5時までのナツオ」

・桐野夏生「写真は語る！—取材写真で見る小説の現場」

・桐野夏生「私に似た人」

・星野智幸「〈連続ロング・インタヴュー〉快楽主義者の伝記」

・桐野夏生「自筆年譜&アルバム」

・佐々木敦「〈連続ロング・インタヴュー〉自分をさらすことへの怖れを超えて」

・「〈Q&A〉室井滋・吉田修一・安野モヨコ・柳美里・森達也からの44の質問」

・「桐野夏生自身による著作解題」

・野崎　歓「武器を取れ！—桐野夏生と女の戦い」

・佐々木敦「妄想から小説へ—『残虐記』以後(プチ桐野夏生論)」

論文・評論

福田百合子「文学にみる「くらし」の変遷「柔らかな頬」」(「やまぐち経済月報」00・7)

藤田嘉代子「母娘のテーマ・序章—桐野夏生『リアルワールド』を中心に」(「女性学年報」03・11)

上條晴史「桐野夏生『柔らかな頬』をめぐって」(「新日本文学」03・3)

中川智寛「桐野夏生「天使に見捨てられた夜」論」(「名古屋大学人文科学研究」05・2)

中川智寛「桐野夏生「OUT」論—香取雅子と佐竹光義の造型を中心に」(「近代文学論集」06・10)

中川智寛「水・解放—桐野夏生初期作品試論」(「解釈」06・1)

太田哲男「桐野夏生『ＯＵＴ』をめぐって」（「櫻美林世界文学」06・3）
小林美恵子「桐野夏生『ＯＵＴ』にみる〈金〉と〈渇き〉の果て―主婦たちのベルトコンベア」（「社会文学」08・7）
中川智寛「桐野夏生における都市―深層としての金沢、そして「東京島」へ」（「国文学」08・11）
吉岡　亮「増殖する言葉―桐野夏生『残虐記』論」（「日本近代文学会北海道支部会報」09・5）
種田和加子「格差社会と娼婦―桐野夏生「グロテスク」を検証する！」（「立命館言語文化研究」09・8）
金子幸代「家族の解体と個の再生の物語―高齢者格差問題と桐野夏生『魂萌え！』」（「立命館言語文化研究」09・8）
四方朱子「『メタボラ』―搾取をどう描くのか」（「立命館言語文化研究」09・8）
種田和加子「剥奪の構図―桐野夏生作品から考察する」（「日本近代文学」09・11）
菊地優美「桐野夏生『グロテスク』における二つの物語―〈語る者〉の欲望と〈語られる者〉の抵抗」（「国文」10・12）
武内佳代「桐野夏生試論―『I'm sorry, mama.』という分水嶺」（「文教大学国文」12・3）

書評・解説・その他

井口泰子「〈BOOK review〉『顔に降りかかる雨』」（「週刊読売」93・11・7）
中田浩作「〈BOOK STREET〉『顔に降りかかる雨』」（「Voice」93・12）
山口　椿「〈INSIGHT BOOK〉『顔に降りかかる雨』」（「ELLE JAPON」93・12・5）
穂井田直美「〈文春図書館〉『ファイアボール・ブルース』」（「週刊文春」95・2・16）
池波志乃「〈週刊図書館〉『水の眠り　灰の夢』」（「週刊朝日」95・12・15）
陸奥伶一「〈現代ライブラリー〉『ＯＵＴ』」（「週刊現代」97・8・30）
高野庸一「〈サンデーらいぶらりぃ〉『ＯＵＴ』」（「サンデー毎日」97・9・21）
イッセー尾形「〈週刊図書館〉『ＯＵＴ』」（「週刊朝日」97・9・26）
笠井　潔「〈エンターテインメント情勢分析〉『ＯＵＴ』」（「すばる」97・10）
後藤勝利「〈読断BOOK〉『ＯＵＴ』」（「スコラ」97・10）
中条省平「〈仮性文藝時評〉『ＯＵＴ』」（「論座」97・12）
柴田よしき「多様性と変異を冒険的に描く『錆びる

心』」（「本の話」98・1）
高橋敏夫「〈きんようぶんか〉『ＯＵＴ』」（「週刊金曜日」98・2・6）
後藤勝利「〈特選BOOKシェフ〉『ＯＵＴ』」（「スコラ」98・7・23）
高橋敏夫「〈Book Review〉『ＯＵＴ』」（「論座」98・9）
マーク・ピーターセン「〈宝石ブックハンター〉『ジオラマ』」（「宝石」99・2）
池上冬樹「〈現代ライブラリー〉『柔らかな頬』」（「週刊現代」99・5・1）
城戸朱理「新しいタイプの社会派ミステリー『柔らかな頬』」（「読売新聞」99・5・2）
城戸朱理「〈本 hon ほん〉『柔らかな頬』」（「アサヒ芸能」99・5・20）
川本三郎「〈ミステリー小説の東京〉『ＯＵＴ』」（「東京人」99・6）
川口晴美「〈サンデーらいぶらりぃ〉『柔らかな頬』」（「サンデー毎日」99・6・6）
川本三郎「〈新・都市の感受性〉『柔らかな頬』」（「新・調査情報」99・7）
中条省平「〈仮性文藝時評〉『柔らかな頬』」（「論座」99・7）
小柳治宣「〈本のエッセンス〉『柔らかな頬』」（「現代」99・7）
日下三蔵「〈読書の秋オピニオン・ワイド〉『柔らかな頬』」（「SPA!」99・10・20）
吉村喜彦「〈潮ライブラリー〉『柔らかな頬』」（「潮」99・11）
河谷史夫「〈本に遇う〉『柔らかな頬』『ＯＵＴ』」（「選択」00・1）
池上冬樹「〈現代ライブラリー〉『ローズガーデン』」（「週刊現代」00・7・8）
篠崎絵里子「〈特上！ 文化丼〉『ローズガーデン』」（「SPA!」00・8・2）
松浦理英子「〈文春図書館〉『光源』」（「週刊文春」00・10・5）
城戸朱理「交差する虚構 持続する緊張感『光源』」（「読売新聞」00・10・8）
村上貴史「〈現代ライブラリー〉『光源』」（「週刊現代」00・10・14）
貫井徳郎「〈文春BOOK倶楽部〉『光源』」（「文藝春秋」00・11）
川本三郎「〈週刊図書館〉『玉蘭』」（「週刊朝日」01・3・23）
村上貴史「〈現代ライブラリー〉『玉蘭』」（「週刊現代」01・3・24）
山田正紀「〈現代ライブラリー〉『ダーク』」（「週刊現代」02・11・9）

池上冬樹「桐野夏生『リアルワールド』を読む」（「青春と読書」03・3）

朝山　実「〈断然！　エンターテインメント〉『リアルワールド』」（「週刊朝日」03・3・21）

三浦雅士「グロテスク」（「毎日新聞」03・6・29）

角田光代「現実を超える小説の力『グロテスク』」（「読売新聞」03・6・29）

松永真理「〈文春図書館〉『グロテスク』」（「週刊文春」03・7・24）

鹿島茂・福田和也・松原隆一郎「〈文春BOOK倶楽部鼎談書評〉『グロテスク』」（「文藝春秋」03・9）

斎藤美奈子「〈Book〉『グロテスク』」（「AERA」03・9・8）

藤本由香里「〈味読・愛読　文學界図書室〉『グロテスク』」（「文學界」03・10）

石井政之「〈中公読書室〉『グロテスク』」（「中央公論」03・11）

白河桃子「〈Books〉『グロテスク』『ＯＵＴ』『リアルワールド』『ダーク』他」（「日経ビジネスAssocie」04・1・20）

マークス寿子「〈現代ライブラリー〉『残虐記』」（「週刊現代」04・3・13）

桜井一哉「〈カルチャー大学批評学部〉『残虐記』」（「SPA!」04・3・30）

大森　望「〈TEMPOブックス〉『残虐記』」（「週刊新潮」04・4・1）

佐藤万作子「〈サンデーらいぶらりぃ〉『残虐記』」（「サンデー毎日」04・4・18）

鹿島茂・福田和也・松原隆一郎「〈文春BOOK倶楽部鼎談書評〉『残虐記』」（「文藝春秋」04・5）

大岡　玲「I'm sorry, mama.」（「毎日新聞」04・12・26）

川本三郎「〈現代ライブラリー〉『I'm sorry, mama.』」（「週刊現代」05・1・1）

野村正樹「〈サンデーらいぶらりぃ〉『I'm sorry, mama.』」（「サンデー毎日」05・1・16）

鴻巣友季子「〈週刊図書館〉『I'm sorry, mama.』」（「週刊朝日」05・1・28）

奥谷禮子「〈BOOKS REVIEW〉『I'm sorry, mama.』」（「経済界」05・3・22）

三浦雅士「魂萌え！」（「毎日新聞」05・5・1）

野崎　歓「第二の青春を生きる『魂萌え！』」（「読売新聞」05・5・1）

高見沢たか子「〈サンデーらいぶらりぃ〉『魂萌え！』」（「サンデー毎日」05・5・15）

マークス寿子「〈現代ライブラリー〉『魂萌え！』」（「週刊

現代」05・5・21）
斎藤美奈子「〈文芸予報〉『魂萌え！』」（「週刊朝日」05・5・27）
原田　泰「〈話題の本〉『魂萌え！』」（「週刊エコノミスト」05・6・28）
立川談四楼「〈談四楼の書評無常〉『魂萌え！』」（「新刊ニュース」05・7）
品川裕香「〈潮ライブラリー〉『魂萌え！』」（「潮」05・8）
河谷史夫「〈本に遇う〉『魂萌え！』」（「選択」05・9）
田中和生「〈評論〉崩壊の向こう側の母性『魂萌え！』」（「小説トリッパー」05・9）
おーちようこ「〈ブックレビュー〉『顔に降りかかる雨』」（「野性時代」05・11）
マークス寿子「〈現代ライブラリー〉『アンボス・ムンドス』」（「週刊現代」05・11・19）
角田光代「すさまじい意志と孤独な闘『アンボス・ムンドス』」（「本の話」05・12）
古川日出男「〈本を読む〉『リアルワールド』」（「青春と読書」06・3）
斎藤　環「逃げ場のない世界『メタボラ』」（「一冊の本」07・5）
陣野俊史「〈文春図書館〉『メタボラ』」（「週刊文春」07・6・21）
川本三郎「〈週刊図書館〉『メタボラ』」（「週刊朝日」07・6・22）
加藤陽子「〈文春BOOK倶楽部〉『メタボラ』」（「文藝春秋」07・7）
前田　塁「〈本〉『メタボラ』」（「新潮」07・8）
田中和生「絶望のなかの希望『メタボラ』」（「群像」07・8）
春日武彦・斎藤環・田中和生「〈評論〉『メタボラ』と『悪人』にみる現在」（「小説トリッパー」07・9）
石井千湖「〈読書空間 Book Review〉『メタボラ』」（「論座」07・9）
雨宮処凛「〈きんようぶんか〉『メタボラ』」（「週刊金曜日」07・11・16）
永江　朗「〈本バカにつける薬〉『ＯＵＴ』」（「アサヒ芸能」07・12・13）
マークス寿子「〈現代ライブラリー〉『東京島』」（「週刊現代」08・6・7）
沼野充義「東京島」（「毎日新聞」08・6・8）
吉田大助「〈文化堂本舗〉『東京島』」（「SPA!」08・6・24）
高橋源一郎「〈週刊図書館〉『東京島』」（「週刊朝日」08・6・27）

佐々木敦「〈文學界図書室〉『東京島』」（「文學界」08・7）
豊崎由美「〈帝王切開金の斧〉『東京島』」（「TV Bros.」08・7・19）
片岡直子「〈Book〉『東京島』」（「読売ウイークリー」08・7・27）
陣野俊史「〈すばる文学カフェ・本〉『東京島』」（「すばる」08・8）
池上冬樹「〈本のエッセンス〉『東京島』」（「現代」08・8）
武田将明「漂流する物語『東京島』」（「群像」08・8）
豊崎由美「〈カラット図書館〉『東京島』」（「PHP カラット」08・9）
池澤夏樹「女神記」（「毎日新聞」08・12・28）
佐々木敦「〈現代ライブラリー〉『女神記』」（「週刊現代」09・1・3）
池上冬樹「〈新刊この一冊〉『女神記』」（「中央公論」09・2）
斎藤美奈子・高橋源一郎「〈日本一怖い！ブック・オブ・ザ・イヤー 2008　文芸編〉『東京島』」（「SIGHT」09・2）
城戸朱理「〈本バカにつける薬〉『アンボス・ムンドス』」（「アサヒ芸能」09・2・19）
蜂飼　耳「神々の愛憎を語り直す『女神記』」（「群像」09・3）
岡野宏文・豊崎由美「〈小説家になるためのブックガイド〉『グロテスク』」（「ダ・ヴィンチ」09・5）
千街晶之「〈週刊図書館〉『ＩＮ』」（「週刊朝日」09・6・19）
永江　朗「〈本バカにつける薬〉『ＩＮ』」（「アサヒ芸能」09・7・9）
石井千湖「〈文化堂本舗〉『ＩＮ』」（「SPA!」09・7・14）
高山文彦「〈書闘倶楽部〉『ＩＮ』」（「SAPIO」09・7・22）
津原泰水「〈Book Review〉『ＩＮ』」（「文藝」09・8）
斎藤　環「〈本〉『ＩＮ』」（「新潮」09・8）
陣野俊史「〈きんようぶんか〉『ＩＮ』」（「週刊金曜日」09・8・28）
角田光代「〈季刊ブックレビュー〉因と果を結ぶもの『ＩＮ』」（「小説トリッパー」09・9）
小谷野敦「受賞作にもう一言『女神記』」（「週刊朝日」09・10・9）
永江　朗「〈本バカにつける薬〉『ナニカアル』」（「アサヒ芸能」10・3・25）
川本三郎「ナニカアル」（「毎日新聞」10・3・28）
野崎　歓「〈本〉女が戦地に赴くとき『ナニカアル』」（「新潮」10・4）
小池真理子「〈文春図書館〉『ナニカアル』」（「週刊文春」10・4・8）
麻木久仁子「〈文春 BOOK 倶楽部〉『ナニカアル』」（「文藝

春秋」10・5）
榎本正樹「〈物語を探しに　新刊小説Review&Interview〉『ナニカアル』」（「小説現代」10・5）
高橋源一郎「〈週刊図書館〉『ナニカアル』」（「週刊朝日」10・5・21）
田中弥生「〈季刊ブックレビュー〉『ナニカアル』」（「小説トリッパー」10・6）
城戸朱理「〈本バカにつける薬〉『東京島』」（「アサヒ芸能」10・6・17）
佐々木敦「〈現代ライブラリー〉『優しいおとな』」（「週刊現代」10・10・23）
古谷利裕「〈文春図書館〉『優しいおとな』」（「週刊文春」10・10・28）
豊崎由美「〈帝王切開銀の斧〉『優しいおとな』」（「TV Bros.」10・10・30）
酒井　信「〈文學界図書室〉『優しいおとな』」（「文學界」10・12）
安藤礼二「〈季刊ブックレビュー〉『ポリティコン　上・下』」（「小説トリッパー」11・3）
阿部和重「〈文春図書館〉『ポリティコン　上・下』」（「週刊文春」11・3・3）
佐々木敦「〈現代ライブラリー〉『ポリティコン　上・下』」（「週刊現代」11・3・5）
酒井　信「〈文學界図書室〉『ポリティコン　上・下』」（「文學界」11・4）
榎本正樹「〈物語を探しに　新刊小説Review&Interview〉『ポリティコン　上・下』」（「小説現代」11・4）
中森明夫「〈本まわりの世界〉『ポリティコン　上・下』」（「週刊朝日」11・4・1）
佐藤　優「〈本〉死と共同体『ポリティコン　上・下』」（「新潮」11・5）
青山七恵「理想郷の「愛」という矛盾『ポリティコン　上・下』」（「群像」11・5）
鴻巣友季子・市川真人「〈文芸季評〉『ポリティコン　上・下』」（「文藝」11・5）
佐々木敦「〈現代ライブラリー〉『緑の毒』」（「週刊現代」11・9・17）
角田光代「〈サンデーらいぶらりぃ〉『ポリティコン　上・下』」（「サンデー毎日」11・9・18）
永江　朗「〈本バカにつける薬〉『緑の毒』」（「アサヒ芸能」11・10・13）
佐々木敦「〈本を読む〉『ＩＮ』」（「青春と読書」12・6）
西上心太「〈ミステリと現実の交差点　ミステリ事件帳〉『水の眠り　灰の夢』」（「野性時代」12・12）

鴻巣友季子「ハピネス」（「毎日新聞」13・3・24）

対談

辻本佐栄・木村保行・藤田敬子「〈BOOK STREET〉『天使に見捨てられた夜』」（「Voice」94・11）
阿川佐和子「阿川佐和子のこの人に会いたい」（「週刊文春」99・8・19）
阪本順治「小説と映画は仁義なき戦い『光源』」（「本の話」00・10）
久世星佳「小説と舞台、それぞれに感じる「OUT」の魅力」（「レプリーク」02・3）
皆川博子「悪意を小説で昇華させたい」（「オール読物」03・10）
三浦雅士「100パーセントの純愛小説」（「小説トリッパー」03・12）
福田和也「清い小説、闘う想像力『残虐記』」（「波」04・3）
松浦理英子「残虐な世界の言葉『残虐記』」（「新潮」04・4）
斎藤　環「想像は現実である『I'm sorry, mama.』」（「青春と読書」04・12）
大沢在昌「柴錬賞受賞記念対談」（「小説すばる」05・1）
松浦理英子「文学にとって〈魂〉とは何か『魂萌え！』」（「新潮」05・11）
古川日出男「三島由紀夫賞受賞記念対談」（「新潮」06・7）
阪本順治・江上剛「映画『魂萌え！』公開記念座談会」（「小説新潮」07・2）
柳　美里「残酷な想像力の果て」（「文藝」07・5）
伊藤たかみ「「格差」をどう描くか」（「文學界」07・8）
吉田修一「新聞小説の舞台裏『メタボラ』VS『悪人』」（「週刊朝日」07・8・10）
吉田修一「現実のリアルとフィクションの強度」（「小説トリッパー」07・9）
佐藤　優「「見えない貧困」がこの国を蝕む」（「文藝春秋」08・4）
佐藤　優「『東京島』のリアルな「官能と混沌」」（「週刊新潮」08・6・5）
福田和也「〈悪〉なき時代の虚構『東京島』」（「新潮」08・7）
大森　望「人間の欲望と本能と『東京島』」（「新刊展望」08・7）
坂東眞砂子「座して死を待たず」（「オール読物」08・8）
山本直樹「マンガをブンガクする」（「文學界」08・10）
筒井康隆「リアリズム神話の誕生『女神記』」（「野性時

代」09・1）

西川美和「フィクションに潜む真実」（「オール讀物」09・8）

川上弘美「小説と神話と女性性『女神記』」（「野性時代」09・12）

関川夏央「虚を突く「文学」の仕事『ナニカアル』」（「波」10・3）

瀬戸内寂聴「私たち、怖い女かしら？『ナニカアル』」（「婦人公論」10・4・22）

阿部和重「小説家のための人生相談」（「小説トリッパー」11・3）

原　武史「無縁社会・日本を生き延びる知恵『ポリティコン　上・下』」（「文藝春秋」11・3）

辻原登「空想から物語へ『ポリティコン　上・下』」（「オール讀物」11・4）

篠田節子・小池真理子「『緑の毒』刊行記念特別鼎談」（「野性時代」11・9）

椎名誠「3・11後の作家」（「サンデー毎日」11・9・25）

インタビュー

――「〈BOOK GUIDE〉『顔に降りかかる雨』」（「With」93・11）

――「〈VIEWS図書館〉『顔に降りかかる雨』」（「VIEWS」93・11・10）

――「〈宝石図書館〉『顔に降りかかる雨』」（「宝石」93・12）

――「〈最近、面白い本読みましたか〉『顔に降りかかる雨』」（「クロワッサン」94・5・10）

――「〈HON〉『天使に見捨てられた夜』」（「アサヒ芸能」94・9・15）

――「〈著者解剖図鑑〉『ファイアボール・ブルース』」（「クリーク」95・3・5）

――「〈週刊図書館〉『ファイアボール・ブルース』」（「週刊朝日」95・3・17）

――「〈in&out TALK〉『ファイアボール・ブルース』」（「東京人」95・4）

――「〈最近、面白い本読みましたか〉『ファイアボール・ブルース』」（「クロワッサン」95・5・10）

――「私のめざす〝おもしろい小説〟『水の眠り　灰の夢』」（「本の話」95・10）

――「〈POST BOOK JAM〉『ＯＵＴ』」（「週刊ポスト」97・10・24）

――「〈Book salon〉『ＯＵＴ』」（「MINE」97・11）

――「〈最近、面白い本読みましたか〉『ＯＵＴ』」（「クロワッサン」97・12・25）

――「〈BOOKS〉『錆びる心』」（「コスモポリタン」98・2）
――「〈ロング・インタビュー〉『ＯＵＴ』」（「鳩よ！」98・3）
――「『ジオラマ』」（「ダ・ヴィンチ」98・12）
――「〈本 hon ほん〉『ジオラマ』」（「アサヒ芸能」99・1・21）
――「〈今週のブック〉『柔らかな頬』」（「東京ウォーカー」99・6・1）
――「〈カルチャーウィンドウズ〉『柔らかな頬』」（「Grazia」99・7）
――「〈BOOK INTERVIEW〉『柔らかな頬』」（「With」99・8）
――「〈BOOKS〉『ローズガーデン』」（「Hanako」00・7・26）
――「〈ミステリー作家新刊インタビュー〉『ローズガーデン』」（「ダ・ヴィンチ」00・9）
――「〈POSTブック・ワンダーランド〉『光源』」（「週刊ポスト」00・10・13）
――「〈PEOPLE NET〉『光源』」（「コスモポリタン」00・11）
――「〈book〉『光源』」（「ef」00・12）
――「〈著者インタビュー〉桐野夏生、『玉蘭』の世界」（「一冊の本」01・3）
丸山あかね「〈本 HON ほん〉『玉蘭』」（「アサヒ芸能」01・4・5）
――「〈BOOK Cafe〉『玉蘭』」（「週刊女性」01・4・17）
――「〈With entertainment〉『玉蘭』」（「With」01・5）
――「〈解体全書〉作家自身が〝作家の自分〟を大解剖」（「ダ・ヴィンチ」01・9）
――「石の下の異世界『ジオラマ』」（「波」01・10）
――「〈現代ライブラリー〉『顔に降りかかる雨』」（「週刊現代」01・10・20）
――「〈ミステリー　ダ・ヴィンチ〉2001年9月11日　その時、作家は何を見たか」（「ダ・ヴィンチ」01・12）
藤本由香里「『ＯＵＴ』創作極秘話を語り尽くす」（「IN・POCKET」02・6）
――「『ＯＵＴ』桐野夏生が語る桐野夏生の世界」（「キネマ旬報」02・10・1）
――「〈スペシャル・インタビュー〉『ダーク』」（「小説現代」02・12）
――「〈カルチャー大学批評学部〉『ダーク』」（「SPA!」02・12・17）
――「〈最近、面白い本読みましたか〉『ダーク』」（「クロワッサン」02・12・25）
――「〈インタビュー〉『ダーク』」（「ダ・ヴィンチ」03・1）
――「〈現代「階級」考〉『ＯＵＴ』」（「週刊エコノミスト」03・2・18）
一沢ひらり「〈person's cafe book〉『ダーク』」（「月刊アサ

ヒグラフperson」03・3）

――「〈著者からのメッセージ〉『リアルワールド』」（「Yomiuri Weekly」03・3・16）

――「〈潮ライブラリー〉『リアルワールド』」（「潮」03・4）

――「〈With entertainment〉『リアルワールド』」（「With」03・5）

――「〈book trek〉『リアルワールド』」（「別冊文藝春秋」03・5・1）

佐々木敦「〈著者に聞く〉『グロテスク』」（「本の話」03・7）

――「『グロテスク』彼女が世界を手に入れた「瞬間」」（「小説現代」03・8）

――「〈Book〉『グロテスク』」（「OZmagazine」03・8・11）

桐山正寿「「東電ＯＬ殺人事件」をモデルにした最新作『グロテスク』」（「サンデー毎日」03・8・24）

――「〈ヒットの秘密〉『グロテスク』」（「ダ・ヴィンチ」03・9）

――「〈POSTブック・ワンダーランド〉『グロテスク』」（「週刊ポスト」03・9・5）

――「〈巻頭ロングインタビュー〉『グロテスク』」（「編集会議」03・10）

――「〈文ポスブックブリーフィング〉『残虐記』」（「文藝ポスト」04・4）

――「人気ミステリー作家の描く注目の〝その後小説〟『残虐記』」（「ELLE JAPON」04・4）

――「〈People〉日本人として初めて米エドガー賞にノミネート」（「週刊ポスト」04・4・2）

――「〈週刊図書館〉『残虐記』」（「週刊朝日」04・4・2）

――「〈本バカにつける薬〉『残虐記』」（「アサヒ芸能」04・4・15）

――「世界が認めた日本の文学作家」（「日経エンタテインメント」04・5）

――「〈ヒットの予感〉『残虐記』」（「ダ・ヴィンチ」04・5）

――「〈文春図書館〉『I'm sorry, mama.』」（「週刊文春」05・1・13）

――「〈ヒットの予感〉『I'm sorry, mama.』」（「ダ・ヴィンチ」05・2）

――「〈潮ライブラリー〉『I'm sorry, mama.』」（「潮」05・2）

――「〈最近、面白い本読みましたか〉『I'm sorry, mama.』」（「クロワッサン」05・3・10）

尾崎真理子「〈BOOK STREET〉『白蛇教異端審問』」（「Voice」05・4）

――「〈BOOKS&MAGAZINES〉『魂萌え！』」（「月刊WiLL」05・7）

――「〈POSTブック・ワンダーランド〉『魂萌え！』」（「週刊ポスト」05・7・1）

――「〈Books〉『魂萌え！』」（「日経ビジネス Associe」05・7・5）

――「〈話題のエンタBOOK〉『アンボス・ムンドス』」（「週刊女性」05・11・1）

――「〈Books AUTHOR'S TALK〉『アンボス・ムンドス』」（「CREA」05・12）

高橋源一郎「〈旬の読書〉『アンボス・ムンドス』」（「BRIO」06・1）

――「〈フロント・インタビュー〉『魂萌え！』映画化」（「キネマ旬報」07・2・1）

――「〈現代ライブラリー〉『メタボラ』」（「週刊現代」07・6・2）

――「〈本バカにつける薬〉『メタボラ』」（「アサヒ芸能」07・6・14）

――「『メタボラ』」（「AERA」臨時増刊号、07・6・20）

――「〈ヒットの予感〉『メタボラ』」（「ダ・ヴィンチ」07・7）

佐々木敦「桐野夏生連続ロング・インタヴュー」（「文藝」08・2）

――「刊行記念インタビュー『東京島』」（「波」08・6）

――「〈新作ガイド〉『東京島』」（「日経エンタテインメント」08・7）

――「〈ポスト・ブック・レビュー〉『東京島』」（「週刊ポスト」08・7・11）

仲俣暁生「〈BOOK STREET〉『東京島』」（「Voice」08・8）

――「〈本バカにつける薬〉『東京島』」（「アサヒ芸能」08・8・28）

――「〈ESKY BOOKS 作家が語る新作・旧作〉『東京島』『OUT』」（「エスクァイア日本版」08・9）

――「〈最近、面白い本読みましたか〉『東京島』」（「クロワッサン」08・9・10）

――「〈サンデーらいぶらりぃ〉『女神記』」（「サンデー毎日」08・12・21）

――「〈今月のBOOKMARK EX〉『女神記』」（「ダ・ヴィンチ」09・1）

――「〈遊びの予定帖　本〉『女神記』」（「クロワッサン Premium」09・2）

――「〈大人の読書案内〉桐野夏生「女神記」を語る」（「一個人」09・3）

――「〈今月のBOOKMARK EX〉『IN』」（「ダ・ヴィンチ」09・7）

佐々木敦「新作『IN』刊行記念！　ロングインタビュー」（「小説すばる」09・7）

――「〈著者とその本〉『ＩＮ』」（「新刊展望」09・7）
――「〈現代ライブラリー〉『ナニカアル』」（「週刊現代」10・4・3）
――「〈物語を探しに　新刊小説 Review&Interview〉『ナニカアル』」（「小説現代」10・5）
――「〈発見玉手箱　本〉『ナニカアル』」（「毎日が発見」10・6）
――「〈日本のこころ、日本のかたち〉『ナニカアル』」（「いきいき」10・9）
――「〈ポスト・ブック・レビュー〉『優しいおとな』」（「週刊ポスト」10・11・19）
――「〈今月の BOOKMARK EX〉『優しいおとな』」（「ダ・ヴィンチ」10・12）
佐々木敦「〈著者インタビュー〉『ポリティコン　上・下』」（「本の話」11・2）
――「〈物語を探しに　新刊小説 Review&Interview〉『ポリティコン　上・下』」（「小説現代」11・4）
――「悪意という「毒」が浸潤していく様を描く『緑の毒』」（「本の旅人」11・9）
佐々木敦「『緑の毒』刊行記念　ロングインタビュー」（「野性時代」11・9）
――「〈活字の園〉『緑の毒』」（「女性自身」11・10・11）
――「〈週刊図書館〉『緑の毒』」（「週刊朝日」11・10・14）
――「〈カルチャーセレクション book〉『緑の毒』」（「婦人公論」11・11・22）
――「作家の履歴書」（「野性時代」12・12）
――「〈活字の園〉『ハピネス』」（「女性自身」13・2・26）
――「〈文春図書館〉『ハピネス』」（「週刊文春」13・3・21）
――「〈週末エンタメ BOOK〉『ハピネス』」（「an・an」13・3・27）

（明治大学大学院生）

桐野夏生　年譜

堀内　京

一九五一（昭和二十六）**年**　**〇歳**
十月七日、父の勤務先石川県金沢市に生れる。

一九五四（昭和二十九）**年**　**三歳**
仙台市に転居。

一九五八（昭和三十三）**年**　**六歳**
東北大学附属小学校に入学。

一九五九（昭和三十四）**年**　**七歳**
小学二年生のときに札幌市へ転居し、札幌市立幌南小学校に転校。

一九六四（昭和三十九）**年**　**十二歳**
札幌市立伏見中学校に入学。

一九六五（昭和四十）**年**　**十三歳**
中学二年の時に武蔵野市立第四中学校に転校。『風と共に去りぬ』『嵐が丘』『ジェーン・エア』などを好む。江戸川乱歩「芋虫」をはじめとする猟奇的な著作を読む。

一九六七（昭和四十二）**年**　**十五歳**
桐朋女子高校に進学。

一九七〇（昭和四十五）**年**　**十八歳**
成蹊大学法学部に進学。

一九七四（昭和四十九）**年**　**二十二歳**
成蹊大学法学部卒業。倉橋由美子や高橋和巳、高橋たか子などを愛読した。岩波ホールに就職。

一九七五（昭和五十）**年**　**二十三歳**
岩波ホール退社。医薬品関係の出版社に就職。雑誌、パンフレットを編集。

一九七六（昭和五十一）**年**　**二十四歳**
結婚。

一九七七（昭和五十二）**年**　**二十五歳**
医薬品関係の出版社を退社。

一九七八（昭和五十三）**年**　**二十六歳**
一年間、専業主婦をする。

一九七九（昭和五十四）**年**　**二十七歳**
マーケティング・リサーチ会社にフリーのスタッフとして就職。シナリオ学校に通う。

一九八二（昭和五十七）**年**　**三十歳**
長女を出産。

一九八三（昭和五十八）**年**　**三十一歳**
はじめての小説を書く。ライターとして赤ちゃん雑誌や看護師専門誌に記事を執筆する。

一九八四（昭和五十九）年　三十二歳

十二月、『ロマンス傑作集』（穂波燿他著、サンリオ）に「愛のゆくえ」を収録。「愛のゆくえ」で第二回サンリオロマンス賞佳作入選。

一九八六（昭和六十一）年　三十四歳

二月、『熱い水のような砂』（サンリオ）刊行。七月、『真夏のレイン』（サンリオ）刊行。ロマンス小説の依頼が増し、原作者として森園みるくとの仕事が始まる。

一九八八（昭和六十三）年　三十六歳

「すばる」新人賞に投稿した作品が最終候補となり、編集者に一〇〇枚程度の作品を書くよう依頼される。これが「顔に降りかかる雨」の原型となる。三月、桐野夏子名義で『夏への扉』（双葉レディース文庫）刊行。

一九八九（昭和六十四／平成元）年　三十七歳

一月、桐野夏子名義で『夢の中のあなた』（双葉レディース文庫）刊行。八月、野原野枝実名義で『小麦色のメモリー』（MOE文庫）、『恋したら危機！（クライシス）！』（MOE文庫）、『あいつがフィアンセだ！』（MOE文庫）刊行。九月、野原野枝実名義で『恋の偏差値しあわせ未満？』（MOE文庫）刊行。十月、野原野枝実名義で『トパーズ色のBAND伝説』（MOE文庫）刊行。十二月、野原野枝実名義で『恋したら危機！パートⅡ』（MOE文庫）刊行。

一九九〇（平成二）年　三十八歳

三月、野原野枝実名義で『媚薬』（MOE文庫）刊行。五月、野原野枝実名義で『恋したら危機！パートⅢ』（MOE文庫）刊行。七月、野原野枝実名義で『急がないと夏が…プールサイドファンタジー』（MOE文庫）刊行。十月、野原野枝実名義で『セントメリークラブ物語1セントメリーのお茶会にどうぞ』（MOE文庫）刊行。

一九九一（平成三）年　三十九歳

一月、野原野枝実名義で『セントメリークラブ物語2銀の指輪は冷たく輝く』（MOE文庫）刊行。三月、野原野枝実名義で『ガベージハウス、ただいま5人』（集英社コバルト文庫）刊行。

一九九二（平成四）年　四十歳

一月、野原野枝実名義で『涙のミルフィーユボーイ』（集英社コバルト文庫）刊行。

一九九三（平成五）年　四十一歳

九月、『顔に降りかかる雨』（講談社）刊行。十月、「愛のトンネル」〈ローズガーデン〉（「小説現代」）、野原野枝実名義で『ルームメイト薫くん1恋したら危機！』（偕成社）刊行。十二月、野原野枝実名義で『ルームメイト薫くん２ 修学旅行で危機！』（偕成社）刊行。『顔にふりかかる雨』で第三十九回江戸川乱歩賞を受賞。

一九九四（平成六）年　四十二歳

一月、「月下の楽園」〈錆びる心〉（「小説すばる」）。二月、野原野枝実名義で『ルームメイト薫くん３ 嫉妬したら危機！』（偕成社）刊行。六月、『天使に見捨てられた夜』（講談社）刊行。七月、「独りにしないで」〈ローズガーデン〉（「別冊小説現代」）。

一九九五（平成七）年　四十三歳

一月、『ファイアボール・ブルース』（集英社）刊行。三月、「入門志願」〈ファイアボール・ブルース２〉（「小説すばる」）。六月、「脅迫」〈ファイアボール・ブルース２〉（「小説すばる」）。八月、「リングネーム」〈ファイアボール・ブルース２〉（「小説すばる」）、「漂う魂」〈ローズガーデン〉（「小説現代」）、『奈落』（佐々木譲他著、集英社文庫）に「鳥肌」を収録。十月、『水の眠り　灰の夢』（文芸春秋）刊行。十一月、「判定」〈ファイアボール・ブルース２〉（「小説すばる」）。

一九九六（平成八）年　四十四歳

三月、「嫉妬」〈ファイアボール・ブルース２〉（「小説すばる」）。四月、「僕の殺人事件」〈ジオラマ〉（「小説新潮」）。六月、「グッドバイ」〈ファイアボール・ブルース２〉（「小説すばる」）。七月、「捻れた天国」〈ジオラマ〉（「ミステリーマガジン」）、「蛇使い」〈ジオラマ〉（「小説新潮」）、「虫卵の配列」〈錆びる心〉（「オール読物」）、文庫版『顔に降りかかる雨』（講談社文庫）刊行。八月、「夜の砂」〈ジオラマ〉（「自由時間」）。十月、「ジェイソン」〈錆びる心〉（「小説現代」）。

一九九七（平成九）年　四十五歳

一月、「羊歯の庭」〈錆びる心〉（「オール読物」）。六月、「六月の花嫁」〈ジオラマ〉（「小説新潮」）、文庫版『天使に見捨てられた夜』（講談社文庫）刊行。七月、「黒い犬」〈ジオラマ〉（「ＥＱ」）、「錆びる心」〈錆びる心〉（「オール読物」）、『ＯＵＴ』（講談社）刊行。八月、「ネオン」〈錆びる心〉（「オール読物」）。十一月、『錆びる心』（文芸春秋）刊行。

一九九八（平成一〇）年　四十六歳

一月、「光源」（「オール読物」）断続的に連載開始（二〇〇〇年七月まで）。三月、「デッドガール」〈ジオラマ〉（「小説新潮」）。五月、「ジオラマ」〈ジオラマ〉（「小説新潮」）、文庫版『ファイアボール・ブルース』（文春文庫）刊行。十月、「蜘蛛の巣」〈ジオラマ〉（「小説新潮」）、文庫版『水の眠り　灰の夢』（文春文庫）刊行。十一月、『ジオラマ』（新潮社）刊行。『ＯＵＴ』で第五十一回日本推理作家協会賞を受賞。

一九九九（平成十一）年　四十七歳

一月、『輝きの一瞬』（中島らも他著、講談社文庫）に「桜」を収録。三月、「玉蘭」（「小説トリッパー」）連載開始（二〇〇〇年六月まで）。四月、『柔らかな頬』（講談社）刊行、「ダーク」連載開始（「IN☆POCKET」）（第一章〜第十章の部分を二〇〇一年八月まで二十六回に亘り掲載）。十月、「植林」〈アンボス・ムンドス〉（「別冊文芸春秋」）、『柔らかな頬』で第一二一回直木三十五賞を受賞。

二〇〇〇（平成十二）年　四十八歳

二月、「文芸春秋　臨時増刊号」に「彼女たちの20世紀」を収録。六月、『ローズガーデン』（講談社）刊行。九月、「リアルワールド・ホリニンナ」〈リアルワールド〉（「小説すばる」）、『光源』（文芸春秋）刊行。十月、「ルビー」〈アンボス・ムンドス〉（「オール読物」）、『私たちが生きた20世紀（下）』（丸谷才一他著、文春文庫）に「彼女たちの二十世紀」を収録、『百年目』（川上弘美他著、新潮文庫）に「二千章からなる小説」を収録。十一月、文庫版『錆びる心』（文春文庫）刊行。十二月、『著者に聞く』（芳賀書店）に「ジオラマ」インタビュー収録。

二〇〇一（平成十三）年　四十九歳

一月、「リアルワールド・ユウザン」〈リアルワールド〉（「小説すばる」）。二月、「グロテスク」（「週刊文春」）連載開始（二〇〇二年九月まで）。三月、『玉蘭』（朝日新聞社）刊行。四月、「リアルワールド・ミミズ」〈リアルワールド〉（「小説すばる」）。七月、「リアルワールド・キラリン」〈リアルワールド〉（「小説すばる」）。八月、文庫版『ファイアボール・ブルース２』（文春文庫）刊行。十月、「リアルワールド・ミミズ２」〈リアルワールド〉（「小説すばる」）、文庫版『ジオラマ』（新潮文庫）刊行。

二〇〇二（平成十四）年　五十歳

一月、「リアルワールド・テラウチ」〈リアルワールド〉（「小説すばる」）。二月、「残虐記」（「週刊アスキー」）連載開始（二〇〇二年六月まで）。五月、「リアルワールド・キラリン２」〈リアルワールド〉（「小説すばる」）、『おやじありがとう』（石原慎太郎他著、講談社）に「お前は何事も中途半端である」を収録。六月、「リアルワールド・ホリニンナ２」〈リアルワールド〉（「小説すばる」）、文庫版『ＯＵＴ（上）』（講談社文庫）、文庫版『ＯＵＴ（下）』（同）刊行。八月、「ダーク」（「小説現代」）

（第十一章にあたる部分を掲載）。十月、『ダーク』（講談社）刊行。

二〇〇三（平成十五）年　五十一歳

二月、『リアルワールド』（集英社）刊行。五月、「I'm sorry, mama.」（「小説すばる」）連載開始（二〇〇四年五月まで）。六月、「愛ランド」〈アンボス・ムンドス〉（「小説現代」）、『グロテスク』（文芸春秋）、文庫版『ローズガーデン』（講談社文庫）刊行。十月、文庫版『光源』（文春文庫）刊行。十二月、「夜のサーフィン」〈緑の毒〉（「野性時代」）。『グロテスク』で第三十一回泉鏡花文学賞を受賞。

二〇〇四（平成十六）年　五十二歳

一月、「魂萌え！」（「毎日新聞」）連載開始（二〇〇四年十二月二十八日まで）、「東京島」〈東京島〉（「新潮」）、「怪物たちの夜会」〈アンボス・ムンドス〉（「別冊文芸春秋」）。二月、『残虐記』（新潮社）、文庫版『玉蘭』（朝日文庫）刊行。三月、『エロチカ e-NOVELS= 編』（京極夏彦他著、講談社）に「愛ランド」を収録。六月、「男神」〈東京島〉（「新潮」）、『江戸川乱歩賞作家黒の謎』（野沢尚他著、講談社）に「グレーテスト・ロマンス」を収録。九月、「納豆風の吹く日」〈東京島〉（「新潮」）、「アンボス・ムンドス」〈アンボス・ムンドス〉（「オール読物」）。十一月、「棄人」〈東京島〉（「新潮」）、『I'm sorry, mama.』（集英社）刊行。十二月、「象のように死ね」〈緑の毒〉（「野性時代」）、文庫版『柔らかな頬（上）』（文春文庫）、文庫版『柔らかな頬（下）』（同）刊行、『私の死亡記事』（文芸春秋編、文春文庫）に「失跡二十年目にして」を収録。『ＯＵＴ』（英語版）で日本人としてアメリカのエドガー賞候補になる。『残虐記』で第十七回柴田錬三郎賞を受賞。

二〇〇五（平成十七）年　五十三歳

一月、『白蛇教異端審問』（文芸春秋）刊行、『文豪ナビ「谷崎潤一郎」』（新潮文庫）に「婚姻を描く谷崎」を収録。二月、「夜露死苦」〈東京島〉（「新潮」）「浮島の森」〈アンボス・ムンドス〉（「オール読物」）。四月、『魂萌え！』（毎日新聞社）刊行。六月、「毒童」〈アンボス・ムンドス〉（「オール読物」）、二次文庫版『玉蘭』（文春文庫）刊行。十月、「糞の魂」〈東京島〉（「新潮」）、文庫版『冒険の国』（新潮文庫）、『アンボス・ムンドス』（文芸春秋）刊行。十一月、「メタボラ」（「朝日新聞」）連載開始（二〇〇六年十二月二十一日まで）。『魂萌え！』で第五回婦人公論文芸賞を受賞。

二〇〇六（平成十八）年　五十四歳

一月、「告白」（「文芸春秋」）。二月、文庫版『リアルワールド』（集英社文庫）刊行。四月、「島母記」〈東京島〉（「新潮」）、文庫版『ダーク（上）』（講談社文庫）、文庫版『ダーク（下）』（同）刊行。五月、「受け返し」〈緑の毒〉（「野性時代」）。七月、「イスロマニア」〈東京島〉（「新潮」）。九月、「ホルモン姫」〈東京島〉（「新潮」）、文庫版『グロテスク（上）』（文春文庫）、『グロテスク（下）』（同）刊行。十一月、「早くサイナラしたいです。」〈東京島〉（「新潮」）、「ＩＮ」（「小説すばる」）連載開始（二〇〇八年五月まで）。十二月、文庫版『魂萌え！（上）』（新潮文庫）、文庫版『魂萌え！（下）』（同）刊行。

二〇〇七（平成十九）**年**　**五十五歳**

二月、「日没サスペンディッド」〈東京島〉（「新潮」）。三月、『リアルワールド（上）』（小学館コミック）、『リアルワールド（下）』（同）刊行。四月、「隠蔽リアルタワー」〈東京島〉（「新潮」）。五月、『メタボラ』（朝日新聞社）刊行。七月、「チキとチータ」〈東京島〉（「新潮」）、「ポリティコン」（週刊文春）連載開始（二〇一〇年十一月まで）。八月、文庫版『残虐記』（新潮文庫）、『はじめての文学桐野夏生』（文芸春秋）刊行。九月、「毛流族の乱」〈東京島〉（「新潮」）。十一月、「有人島」〈東京島〉（「新潮」）、文庫版『I, m sorry, mama.』（集英社文庫）刊行。『グロテスク』をアメリカで出版。ニューヨークから西海岸へ初のブックツアーに出る。

二〇〇八（平成二十）**年**　**五十六歳**

一月、文庫版『白蛇教異端審問』（文春文庫）刊行。五月、『東京島』（新潮社）刊行。十月、『ナイン・ストーリーズ・オブ・ゲンジ』（江國香織他著、新潮社）に「柏木」収録。十一月、『女神記』（角川書店）、文庫版『アンボス・ムンドス』（文春文庫）刊行。十二月、「ナニカアル」（「週刊新潮」）連載開始（二〇〇九年十一月まで）。『東京島』で第四十四回谷崎潤一郎賞を受賞。

二〇〇九（平成二十一）**年**　**五十七歳**

二月、「優しいおとな」（「読売新聞」土曜版朝刊）連載開始（二〇〇九年十二月まで）。五月、『ＩＮ』（集英社）刊行。六月、「淋しい奴は前に跳ぶ」〈緑の毒〉（「野性時代」）。八月、編集を担当した『松本清張傑作選』（新潮社）に「憑くかくし者ども」を収録。九月、『桐野夏生対論集発火点』（文芸春秋）刊行。十月、「お前じゃないが仕方ない」〈緑の毒〉（「野性時代」）。十一月、編集を担当した『我等、同じ船に乗り』（文集文庫）刊行。十二月、「気炎女」〈緑の毒〉（「野性時代」）。『女神記』で第十九回紫式部文学賞受賞。

二〇一〇（平成二十二）**年**　**五十八歳**

一月、『Invitation』（小池真理子他著、文芸春秋）に「告

白」を収録。二月、『ナニカアル』（新潮社）刊行。二月、「弥生先生のお見立て」〈緑の毒〉（「野性時代」）。四月、「傲慢と偏見」〈緑の毒〉（「野性時代」）。文庫版『東京島』（新潮文庫）刊行。七月、文庫版『メタボラ（上）』（朝日文庫）、文庫版『メタボラ（下）』（同）刊行、「ハピネス」（「VERY」）連載開始（二〇一二年十月まで）。八月、「月よりの死者」〈緑の毒〉（「野性時代」）。九月、『優しいおとな』（中央公論新社）刊行。十月、「ピーフラ会のゆうべ1」〈緑の毒〉（「野性時代」）。『ナニカアル』で第十七回島清恋愛文学賞を受賞。

二〇一一（平成二十三）**年**　**五十九歳**

一月、「ピーターフラットで起きたこと」〈緑の毒〉（「小説野性時代」）。二月、『ポリティコン（上）』（文芸春秋）、『ポリティコン（下）』（同）刊行。三月、「妻の責任」〈緑の毒〉（「小説野性時代」）。四月、「地獄で会うホトケ」〈緑の毒〉（「小説野性時代」）。五月、「川辺康之、破滅す」〈緑の毒〉（「小説野性時代」）。八月、『緑の毒』（角川書店）、二次文庫版『メタボラ』（文春文庫）刊行。十一月、文庫版『女神記』（角川文庫）刊行。『ナニカアル』で第六十二回読売文学賞小説賞を受賞。

二〇一二（平成二十四）**年**　**六十歳**

一月、「だから荒野」（「毎日新聞」）連載開始（二〇一二年九月十五日まで）。五月、文庫版『IN』（集英社文庫）刊行。十一月、文庫版『ナニカアル』（新潮文庫）刊行。十二月、文庫版『対論集発火点』（文春文庫）刊行。

二〇一三（平成二十五）**年**　**六十一歳**

二月、『ハピネス』（光文社）刊行。八月、文庫版『優しいおとな』（中公文庫）刊行。十月、『だから荒野』（毎日新聞社）刊行。

（千葉大学大学院博士後期課程）

現代女性作家読本 ⑰

桐野夏生

発　行――二〇一三年一一月二五日
編　者――現代女性作家読本刊行会
発行者――加曽利達孝
発行所――鼎　書　房　http://www.kanae-shobo.com
〒132-0031　東京都江戸川区松島二-一七-二
TEL・FAX　〇三-三六五四-一〇六四
印刷所――イイジマ・互恵
製本所――エイワ

表紙装幀――しまうまデザイン

ISBN978-4-907282-08-0　C0095